我很轻很轻地抚摸过报纸上小李迟舒乱糟糟的头发，恍惚间就这么阴差阳错穿梭在他短暂的人生：七岁、十七岁、二十七岁。顺从、挣扎，最后放弃。越是拾级而上，他就离苦痛的认知越近一点。

　　"什么时候呢？"我凝视着手下的黑白照片轻声问。

　　什么时候能走得再近点，走到尽头，走到光阴深处，让他一生灿烂，如朝阳一尘不染。

旧故新长

诗无茶 著

JIU GU
XIN ZHANG

长江出版社　漫娱图书

目录

009 楔子

022 辣咖喱　第一章

041 拉花咖啡　第二章

055 平安饺子　第三章

071 冰激凌　第四章

091 四季风筝 第五章

112 手剥桂圆 第六章

135 耳鸣终止 第七章

171 一梦一生 第八章

228 昨日今朝 番外

其他人听不听得到不重要，沈抱山听得到，你的愿望就能实现。

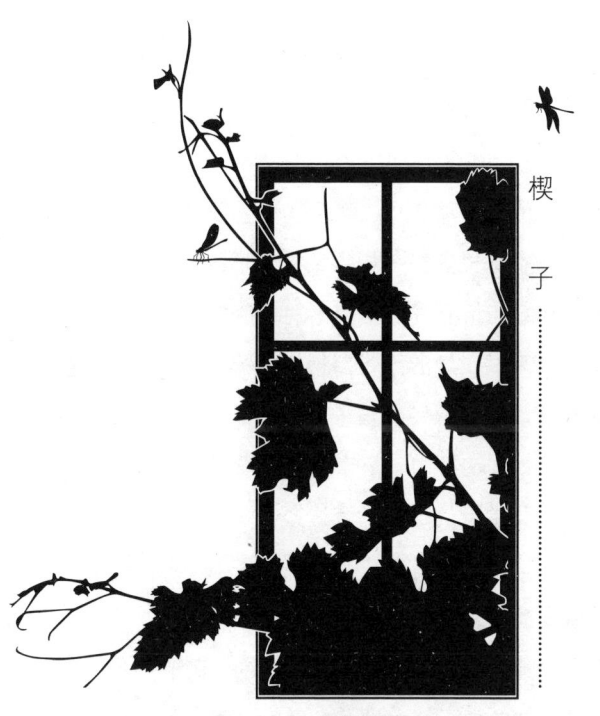

楔 子
xiezi

沈抱山这棵树不管有多茂盛,
终究救不了李迟舒贫瘠的一生。

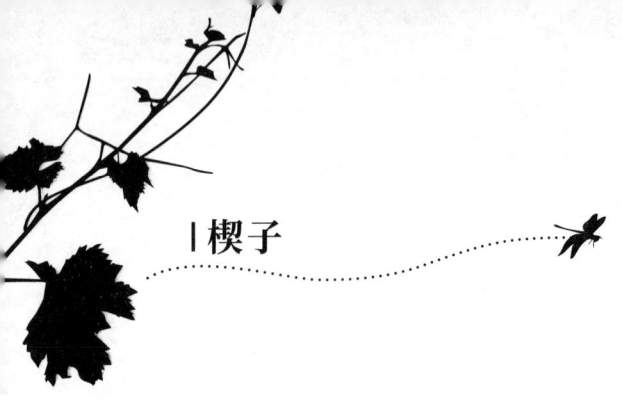

| 楔子

　　李迟舒的消息传来的那会儿,我正在写字楼里加班。

　　晚上十点半,整栋楼安静得像棵又黑又沉的老木,只有我在这一亩三分地,用灯光给它蛀出个小小的缺口。

　　洛可打电话过来时,她的声音抖得像筛糠一样,让我怀疑整个城市的电缆在这短短半分钟里被一截截切断,才导致她说话一个字一个字往外蹦:"沈抱山……李迟舒出事了。"

　　缺口还是那个亮堂堂的缺口,我这条蛀虫却已经开车去往市医院了。

　　路上我差点没控制住车速。

　　但生命宝贵,眼下没有一个人比我更懂这个道理。

　　在我抵达医院时,李迟舒还没有脱离生命危险。

　　洛可叫我坐到她身边,我浑身僵硬,脑袋麻木,虽然耳朵接收得到她的话,但手指头连动都不肯动一下。

　　"六楼……不知道他怎么爬上去的……落下去的时候说是碰到什么东西缓冲了一下……被发现时人已经不清醒了……"

　　我忘了那晚自己在ICU(重症加强护理病房)外头等了多久,也忘了牌子下的灯是从什么颜色变成什么颜色,我甚至忘了李迟舒被推出来的时候五官是什么模样。

不对，我就没看到过，他的整个脑袋被包得很严实。

我只记得自己在他的病床前送走过很多个日出日落。

我守着病床上的李迟舒，想着任何人都别想把他的氧气管给拔了。

但氧气管最后是李迟舒自己拔掉的。

李迟舒想离开也不是第一次了。

但之前都没让他得逞。

这回他学聪明了。

我无语死了。

谁能把监控安天上啊？

哪天我问问造卫星的，谁能给我捎一个摄像头上去。

以前用不到，以后总能用到吧。

算了。

我要是真有那本事，还能让李迟舒变成现在这副鬼样子？

说起这个，好像有天晚上李迟舒醒过一次。

不过我到现在也不能确定，那到底是我的梦还是他真醒了。

我记得他先是动了动睫毛。

李迟舒的睫毛乌黑浓密，以前他害羞的时候稍微一低头，睫毛就把他的眼珠子遮住了。

同时遮住的还有他眼底流露出的喜怒哀乐。

像李迟舒这样不爱说话的人，眼睛就是他的另一张嘴。

他嘴里舍不得说的话，会通过眼睛投射出来。

可我一想仔细看，他就躲，像怕人察觉出他的心思。

我这辈子，总是后知后觉李迟舒的一切。

后知后觉他一个人孤独生活了许多年,后知后觉他生了病,后知后觉他在吃药,后知后觉他病得很严重,后知后觉他想离开很久了。

他得的这个病,民间有很多通俗叫法,有的人说这叫富贵病,有的人说这叫闲气病,还有的人说这叫艺术病。

什么意思呢?

得这个病的人,艺术家居多。

就是那个学名叫抑郁症的病。

这不是李迟舒要赶时髦啊,我得解释一下。

这病确实流行,他不是爱追逐潮流的人,一件白T恤都能穿三年。

他就是单纯地得了病。

他也不知道自己是怎么得的。

就是有天他坐在家里的沙发上等我回家,看着桌子上那把水果刀,突然想近距离再看一下。

扯远了。

李迟舒醒过来的那天晚上发生了什么,我记得太清晰了。

那短短的一分钟是我那么长时间模糊的回忆里最为清晰的一部分,我连他吸气呼气了多少下都能数清楚。

他睁眼那会儿还挺费力的,睫毛抖了几下才睁开眼睛。

他一睁眼,就瞧见我盯着他。

他好像不意外,用一种熟悉的眼神看着我,平平淡淡,似笑非笑的。

他之前经常朝我这么笑,如今要道别了,他还是这么看着我笑。

那笑就像在说:"好啦,沈抱山,你别生气啦。看在我们见的最后一面的分上,你别对我摆臭脸啦。"

他一笑,我就抬头瞪天花板。泪珠子却还是从我眼里哗啦哗啦地往下滚。

医生说李迟舒摔坏了,也就这几天了。

我低头看回去,李迟舒笑得更讨好了。

他大概笑了有一会儿吧,笑得我脸色没那么差了,他才开口说了几个字。

其实李迟舒早就说不出话了,能说我也听不见,但我懂点唇语。

我不记得自己是什么时候开始学唇语的,只是有天莫名其妙就在网上搜课程看了。

我从第一次查资料、搜网课、做完功课,选了个口碑最好的班,到最后认认真真上课,一丝不苟学起来,也就那么几天。

我那时候完全不知道自己为什么要学,后来想想,应该是在身体里某根比我大脑所意识到的更在意李迟舒的神经驱动下完成了这个举动。

那根神经,或许是过去某年李迟舒悄悄移植到我身体里的,竟然让我潜意识里就知道李迟舒会有这么一天。

李迟舒说:"沈抱山,回家。"

这话听起来很温馨是吧,像是在说要我带他回家。

但只有最了解他的我才明白,他不是要我带他回家,而是让我自个儿回家。

我歪着脑袋看着他。

他还冲我笑，笑得腼腼腆腆的，带着点讨好。

"脑袋都快摔裂了还笑得出来呢？"

这是我这辈子最后一句骂他的话。

那天晚上我第一次在他出事后回了家。

我坐在客厅的地板上，什么也没干。

窗台外是李迟舒上个月栽的栀子花，六月要过完了，栀子花也快谢了。

黎明那会儿我迷迷糊糊地睡着了，很奇怪，以前那个守着李迟舒可以通宵不睡的人，偏偏今天睡着了。

后来我做梦，梦里听到了敲门声。

那是李迟舒才有的敲门声。

慢慢地敲三下，等几秒，又敲三下。

我忽然从梦里惊醒，客厅灯还亮着，我牢牢盯着门，却没听到敲门声了。

我转过头，发现栀子花的花瓣落到了窗台上。

我看着那朵栀子花静默许久，而后说道："李迟舒，我不送你啦。"

李迟舒是这样一个人：瘦高白净，沉默寡言，克制而礼貌，骨子里带着点自卑，读书时就是老师会拿着成绩当面夸，背地里提到他就摇头的"书呆子"。他对谁都轻声细语，连发完火都要先来一句"抱歉"。

总之他具备大多数优秀留守儿童的特性。

我呢，我叫沈抱山。

你别看我说话不着调，其实我是个正经人。

家庭和睦，家庭条件勉强算得上富贵，这是托我爹妈的福。

我成绩也不差，和李迟舒一起读书那会儿，李迟舒年级第一，我就年级第二吧，偶尔掉到年级三四名开外，成绩排名完全看我心情。

我比他人缘好，属于老师、同学里边都挺受欢迎的那种。

也是，不然李迟舒怎么会悄悄羡慕我十年？

现在算起来我和他认识得有十几年了，也不能说认识吧，十几年前李迟舒在我这里的概念也就一个名字，属于知道年级里有这么个人，可如果从我身边经过我都认不出来的那种。

毕竟，我这么骄傲的一个人，眼里装得下谁啊？

但我面子功夫做得还是挺全的，对老师礼貌热情，在同学堆里也混得开。

我在心里一直觉得谁都不如我，觉得我沈抱山就是这么个天上有地下无的一个人。

现在真正天上有地下无的，另有他人了。

沈抱山，你傲什么傲呀？

没人来参加李迟舒的告别仪式。

他父母早就去世了。

工地上的水泥砖砸了下来，砸垮了一个家的脊梁骨，他妈跑去闹，闹到最后选择了轻生。

从那一刻起，七岁的李迟舒就只能和寥寥无几的抚恤金做伴了。

前年，我和李迟舒一起送走了他痴呆多年的外婆——李迟舒的最后一个亲人。

他的同事我没通知。

他的朋友……这么多年，我也没听他说过他有什么朋友。

我倒是事先做好了没多少人来参加李迟舒葬礼的心理准备，可我没想到葬礼会这么冷清。

至此我才明白，我来得太迟了。

沈抱山这棵树不管有多茂盛，终究救不了李迟舒贫瘠的一生。

我西装革履地坐在李迟舒的遗像边，看着这张黑白照片，默默回忆这些年。

我和李迟舒十几岁时进入同一所学校，但是不同班，如我前头说的，在那三年，我对他没有任何印象。

那时候的沈抱山心比天高，觉得一个人可以在某一方面比他优秀，但不可能有人各方面都比他优秀。

所以他从不把"李迟舒"这三个字放在眼里。

可据李迟舒所说，他比我所知道的还要更早认识我。

我问他有多早，他总不肯说。

之后我对李迟舒这个人开始有印象是在大学。

我是个哪儿有热闹就往哪儿凑的人，考上建大以后，还没开学，我做的第一件事儿就是加老乡群。

在和老乡们聚餐时，我听人说隔壁建工院还有个同省的同学叫李迟舒。

这人长得斯文白净，但性子孤僻，不在老乡群里。

我听完大脑一热，找高中同学要了李迟舒的联系方式，给李迟舒发好友申请。

五分钟后，好友申请就通过了。

我甚至连招呼都懒得和李迟舒打，想着发申请的时候备注了名字，他李迟舒不知道我是谁又怎么会直接通过。

所以我说：来吃饭。

李迟舒过了一会儿问：什么？

这时候我一开始的热情已经消失殆尽，感到无趣地回他：老乡群团建，三号门门口，等闲老火锅，来吃饭。

他没有动静了。

可过了半个小时，李迟舒竟然真的来了。

来了以后，他安静地坐在边上，只会埋头吃，大家说什么他都不接话，夸他他也只会红着脸笑笑，只有我问他喝不喝啤酒的时候他才点了点头。

后来李迟舒告诉我，那顿饭他吃得很难受，感觉自己很多余，还很败大家兴。

我问他后不后悔去了。

他想了想，低头笑着说，再来一次，他可能还是会厚着脸皮去的。

那是我跟他人生轨迹的第一次交点。

当时的李迟舒，已经默默关注了我四年。

再往后就是大二。

用现在的话来说，我活脱脱就是一个"社交悍匪"，八竿子打不着关系的别的学院的人，放在我的联络网上我都能找出点关系。

那时候我建工院一朋友找到我，拜托我帮点小忙。

大概意思就是他们小组以前不配合活动，得罪过校学生会的几个干部，结果现在院里有事，得传点文件到校学生会审批。他们觉得校学生会里那几个干部肯定不给批，问我能不能帮忙跑一趟。

学生会那帮人，拿着鸡毛当令箭，芝麻大点事儿都能跟人结梁子。

我本来不想惹这一身麻烦，就先问他们组有几个人。

那边报了一堆人名，其中就有李迟舒。

听到李迟舒这个名字，我脑子一抽，就答应了帮他们这个忙。

过了几天，李迟舒在和我成为微信好友长达两年的时间里第一次主动联系我。

他说为了谢谢我帮忙，打算请我吃饭。

我以为是他们小组商量的，于是就跟他定了时间、地点。

没想到我第二天到那儿，就只看到李迟舒一个人。

李迟舒没解释，我也就不问。

这小子吃饭是真吃饭。

他认认真真点了五个菜，酒也不喝，两杯白开水灌下去，哼哧哼哧吃了两碗饭。

我就坐他对面，看他闷头狂吃，看他吃完结账，动作一气呵成，杯都不带跟我碰一下。

半个多小时下来,我一只手都能数完他跟我说的话——这还得加上吃完饭以后那句"拜拜"。

我们俩之后一起回忆这事儿,李迟舒告诉我那天他撑得一晚上没睡着,凌晨一点起来去校医院买了两盒消食片,回去在位子上坐到天亮才勉强舒服点。

主要是因为他在微信上给我发的那句"有时间吗,周末请你吃饭",已经倾尽他积蓄许多年才敢孤注一掷的勇敢了。

哪里还有胆子抬头跟我聊天。

再往后其实顺理成章,大学期间我跟他的关系不咸不淡,偶尔来往。

毕业后我先找到工作,后来一次和他聊天时发现他工作的地儿离我的单位挺近,于是我俩一拍即合租了房子,下班以后经常一起吃饭。

不管我什么时候问他要不要一起吃晚饭,他都说有时间。

除此之外,只要他不睡觉,他似乎都在疯狂地挣钱。

有天李迟舒聚餐回来,喝得酩酊大醉,两眼微红地敲我的房门。

我打开房门后,他说他存款有三百万了,问我要不要接着续租一起住。

我没想过钱的问题。

可那对从小一无所有的李迟舒很重要。

他总觉得自己与我是云泥之别,而他通往我的唯一天梯,就是攒很多很多的钱。

这时候我认识李迟舒已经十几年了,离他告别所有人还有三年。

我不明白是什么让他的病突然发作,后面想来兴许就是我的应允。

应允他和我长期合住的这个请求,让他心里那根紧绷的弦乍断。

自此过往的所有压力和痛苦突然决堤,冲毁了他本就空白的精神世界。

起先是他整个人变迟钝了,总懒洋洋的,不愿意起床,不愿意吃饭,不愿意出门。

偶尔他会拿着手机浏览一些旅游推送信息,对我说:"好想去P县旅游啊。"

他说这话那会儿我正对着电脑赶方案,想也没想就点点头说:"好啊。"

然而他的话我过耳即忘,等再想起来是很多个月以后的冬天,我问他:"上次你不是说想去P县?"

他笑着摇摇头:"算了。"

接着没多久,他开始感觉身上有些地方莫名其妙地痛,有时是胳膊,有时是背,有时是大腿。

兴许这时候他病得还不是很严重,愿意告诉我。

我带他去医院体检,检查不出什么问题。

我说不行,要换家医院检查,他拉着我,说:"算了。"

与此同时他开始怕黑,整夜整夜地失眠,加上一直吃不下饭,他整个人都在暴瘦。

等我发现李迟舒在偷偷吃药的时候,他已经瘦到一百一十斤了。

　　身高一米七八的人，瘦得只剩下皮包骨头。

　　再后来……

　　再后来的这天晚上，我抱着他的骨灰盒号啕大哭，昏睡在空无一人的礼堂。

辣咖喱
la gati

你好啊，李迟舒。

辣咖喱 I

上述一切发生在某个课间,当时我想着离上课还有十分钟,就倒在桌上打了个瞌睡。

可我没料到这个梦境是如此漫长苦痛,这十分钟让我以一种飞快的速度参与了李迟舒短暂灰暗的一生。

而我的三十岁仿佛也埋葬在了那一场孤独的告别仪式上。

被上课铃声吵醒那会儿我还以为自己在做梦,要么就是脑海里在过走马灯。

班里聒噪得很,每个人都在往门外走,前头的几个人换了球服,我估摸着是要上体育课了。

但我只愣了两秒,就迅速往李迟舒所在的班里冲。

奔跑时有句话在我心中默念了一百遍:李迟舒,太阳出来,天就放晴了。

这次我先靠近你,你不要再生病了。

等冲到李迟舒班门口时,我发现班里空无一人。

这时突然有个男生拍着俩篮球走了过来,我瞧着有点眼熟,但记不起名字了。

我问他:"李迟舒呢?"

他显然有点吃惊,不知道是吃惊我找李迟舒,还是吃惊我突然跟他说话。

我又问:"李迟舒呢?"

他怔了怔:"楼下……上体育课吧。"

我想起来,上学期我们两个班同时上体育课。我老找他们班的男生一起打球来着。

我听了就要跑。

那男生把手里的一个篮球扔给我:"你的球!"

我抱着球狂奔,跑到操场上跟个无头苍蝇一样到处乱闯,路过篮球场的时候正好听到有人喊我的名字。

但不是李迟舒的声音。

那人又喊:"沈抱山!这儿呢!你干吗啊?"

我看了一眼,是蒋驰,他在叫我过去打篮球。

我没搭理他,这人就一直喊,还跑过来把我拉过去。

他拉着我的时候,我看到了李迟舒。

李迟舒正靠在没人的乒乓球台边背英语单词。

我把蒋驰甩开,顶着刺眼的太阳,径直往那个乒乓球台走过去。

李迟舒还是那样,穿着一件白T恤,脚上是一双洗得干干净净的帆布鞋,他的指甲剪得很短,头发很多,有点长了。

他低着头,额前的碎发让我看不清他的眼睛。

我越走越慢,走到离李迟舒还有几米远的时候,我鬼使神差地把手里的篮球一抛,篮球正好落在他脚边。

李迟舒的脚动了动,接着他抬头看过来。

我长长吸了口气,冷眼注视着他。

"你好啊，李迟舒。"

李迟舒先是愣怔了几秒，接着把腿站直了些，同时把手里的小簿子合上，无措地看着我。

我的后槽牙其实都快被我咬碎了。

但我走不动，我的手脚已经不听使唤了。

这可是现实中的、活生生的、十七岁的李迟舒。

过了大概有几秒——极其漫长的几秒，他先反应过来，说了声："你……你的球。"接着他就弯腰要去捡球。

我的身体在这一瞬间觉醒，一步跨过去想先他一步拿球，岂料我一个踉跄就要摔倒。

李迟舒反应快，捡球的手伸到一半立马往上一抬扶住了我。

完蛋。

这可是李迟舒。

这可是极其羡慕我的李迟舒。

万一他觉得我不帅了怎么办？

我心里乱七八糟，在李迟舒把我扶住的三秒里，这个完蛋的想法占据了我整个大脑。

最终在他要把手拿开的那一瞬，我反手抓住他的袖子问："昨晚睡得怎么样？"

他又是一愣："什么？"

相较于帅不帅的问题，我还是更关心李迟舒的身体。

"昨晚睡得怎么样？"我望着他的脸一动不动，"有没有耳鸣？有没有胃疼？"

梦中的李迟舒在与我告别的前两年里，每晚睡觉前都会在床头放一杯苏打水。

起先我以为他只是口渴，后来我发觉每天清晨六七点的时候，他总会先在床上辗转一会儿，接着坐起来喝水。

有好几次我发现李迟舒喝凉水，都会阻止他，把他手里的水杯拿走，去客厅里给他换一杯温水。

后来他才告诉我，他那杯子里装的是苏打水。

因为他在清晨总是胃疼，他觉得在那个时间多喝苏打水就会好一些，但其实无济于事。

我察觉不对劲后还问他有没有别的症状。

他沉默一会儿后告诉我，在我有事不回家的晚上，他一个人会有一点耳鸣。

李迟舒是个习惯把十分痛说成三分的人。

如果他真的只有一点耳鸣，他会告诉我什么事都没有；如果他告诉我他耳鸣了，那他的症状一定到了非常严重的地步。

我那时说要带他去看医生，他立马改口说其实根本不严重。

那段时间我正忙于收尾手上的一个项目，没有太多时间管他。但我又不太放心，所以悄悄在房间安了监控。

通过监控了解到李迟舒的生活后，我才发现原来在我出差的日子里，李迟舒几乎从没在凌晨四点以前入睡过。

他在黑暗中翻来覆去，有时会坐起来，有时躺下去用被子盖住耳朵，有时会去别的房间走两圈，再回来戴上耳塞。

一直被折磨到凌晨三四点，他才稍微安静下来蜷缩在床上——应该是好不容易入睡了。

可到早上六七点，他又再次不安地醒来，拿起床头冰凉的苏打水一口一口地灌进胃里。

我坚持要带李迟舒去医院做检查，一套检查流程走下来，医生说只是贫血，胃没有大问题，开了些精神药物，叫他压力不要太大。

李迟舒看起来没有很意外这个结果，只是在踏出医院时转头笑着问我："这下可以把监控拆了吧？"

原来他什么都知道。

我拗不过他，拆了监控又放心不下，只能每天在深夜加班过后坚持回家看他。

虽然他没明说，但我在家的日子里，李迟舒入睡显然要容易得多。

他是个不愿意多麻烦别人的人，可那两个月即便看出了我的疲惫，李迟舒也没有拒绝过我回家的行为。

我想是因为他的身体状况真的把他逼到了很需要我照顾的地步。

就在我做好放弃下一个项目专心照料他休养半年的时候，他又恢复了头几年疯狂工作的生活模式，把我所有放下工作出去散心的劝说都拒之门外。直到如今，我还是想不通他是不是故意的。

或许，他不想让我做出牺牲，所以先我一步在他和工作之间替我做出了选择。

如果我当初态度再强硬一点，李迟舒会不会离开得晚些？

沈抱山，你可真是个笨蛋。

027

我盯着李迟舒，一本正经地要听他的回答。

他大概觉得我莫名其妙，不动声色地想把胳膊从我手里抽走："没有。我睡得很好。"

他装得可真像。

还好梦中二十五岁的李迟舒告诉过我，他羡慕了我好多年，不然我还真看不出来这事儿。

我往前一步，问："吃饭了吗？"

他彻底怔住了："现在才第三节课。"

"那就是没吃，"我说，"中午一起吃饭。"

李迟舒猝不及防："不……不用……"

"你手里拿的什么？"我挨着他靠着乒乓球台，"给我看看。"

他很听话地把小簿子拿给我："单词本。"

我心不在焉地翻着："背几单元的？"

李迟舒说："这个不是按单元分的……"

话音未落，远处的蒋驰又开叫唤："沈抱山！干吗呢？"

李迟舒望过去。

我装作没听到："那你背到哪儿了？"

李迟舒又把视线落回我手上的单词本："呃……就是……"

蒋驰"阴魂不散"："沈抱山！过来啊！"

我把单词本翻到有折痕的那一页："这儿？"

"不是，"李迟舒说，"还要后边……"

"沈——抱——山——"

李迟舒过意不去，又抬头看向蒋驰那边。

我闭了闭眼。

这小子真是块绊脚石。

李迟舒欲言又止："蒋驰……"

我把书放回他手里,起身往蒋驰那边走："你先背吧。"

走了两步我又回头叮嘱："注意眼睛。"

保护李迟舒要从娃娃抓起,免得这个人到二十几岁再戴着副一千多度的眼镜。

蒋驰千呼万唤终于把我喊过去了,一开口就问我："那人谁啊?"

我把球丢给他："你老大。"

李迟舒是我老大,蒋驰是我兄弟,四舍五入,他也是蒋驰老大。

蒋驰不懂："什么?"

"李——迟——舒。"我转过头对着蒋驰,加重语气,"年级第一,有那么难认吗?"

"哦李迟舒啊,"蒋驰拍了拍球,做了个投篮的姿势,"我没看清,你说名字我就知道了。我还以为自己听错了呢。"

"你听成什么了?"

"听成你说我老大,"蒋驰嘿嘿笑道,"吓我一跳。我就说那人看起来病恹恹的,哪里能是我老大。"

我"啧"了一声："说话好听点。"

蒋驰莫名其妙："我说什么啦?"

我凝视他片刻,思考自己是怎么跟眼前这傻大个儿做了二十几年兄弟的。

最后我把原因归结于我们两家别墅挨得近,关系从穿开裆裤起就注定了,实在没办法。

"今儿说好晚上去你家地下室打球啊。"

"不行。"

蒋驰:"为什么?"

我哪里知道为什么,但我肯定要跟李迟舒一起吃晚饭,看看他今天的饭吃得怎么样。

"我家的篮球场我爸要用。"我随便编了个理由,"改天吧。"

"你爸怎么老这样?"蒋驰嘟囔,"那明天?"

"再说吧。"

打球前我又朝李迟舒的位置瞄了一眼,正对上他默背单词时无意间扫过来的目光。

"眼睛。"我用唇语对他说完这俩字,又用手比了比。

也不知道他看没看懂,只是慌慌忙忙躲开了我的视线。

下课前先集了一次合,我和李迟舒隔着半个足球场,体育老师下课哨子一吹,我就往那边蹿。

然后我被蒋驰拉住了。

"再打会儿啊,今天不跑操,离上课还有半个小时。"

"不打了,有事。"

我突然瞅见了蒋驰裤兜里的饭卡。

"你饭卡给我用用。"我把我的卡掏出来,"你用我的。"

蒋驰一边跟我换一边嘀咕:"干吗呀?"

"别问。"我把卡揣兜里,转头望向出口,在人流里寻找李迟舒的影子。

蒋驰问:"球还打不打?"

我摇头,找着李迟舒了,抬脚就要走。

蒋驰又朝我喊:"那我叫别人了啊。"

"你叫吧。"

李迟舒一如既往地独行在人潮里,阳光太强,他微低着头,耳后晒得发红,手里拿着单词本,看几眼,时不时仰头默背一下。

我到围栏边捡起自己的外套反手搭在肩上,走到他身边才出声:"说了叫你注意眼睛。"

他蓦地抬头,我趁机把单词本从他手上夺过来。

"吃饭没有?"

李迟舒沉默了一下:"你问过了。"

"啊问过了……"我抿了抿嘴,"可是我饿了,你能不能陪我去三楼吃饭?"

学校食堂有两栋,差不多的配置,都是三层楼。

一楼是最便宜的普通食堂,一个荤菜最多只要一块六,素菜几毛钱,一顿饭下来基本上没两口肉。

二楼稍微好点,菜也贵点,荤素均衡,一顿下来也就十块钱左右,大多数学生吃饭都去那儿。

三楼则属于外来承包商的地盘,什么菜式都有,小煎小炒、火锅干锅,偶尔还有西餐什么的,相应也更贵,去一趟少则二三十元,多则上百元,属于多数人偶尔想要改善伙食才会去的地方。

读书三年，我没下过三楼吃饭，而李迟舒——据他多年后跟我回忆，他从没去过一楼以上的食堂。

不过这对他而言似乎并不算什么，他一生中没来得及尝试的东西实在太多。

那些只限在青春里得到才有意义的事物，譬如童年一块五一根的冰棍、食堂三楼别致的饭菜、地下超市新鲜的盒装水果，不在最渴望也最难得到的时候吃到，再过十年入口，纵使那时的李迟舒能买千份万份，也尝不出年少时梦寐以求的味道。

此时李迟舒略显迷茫地望着我："我……陪你？"

我知道，眼前跟他几乎没有过交集的沈抱山今天在他面前表现出的热情未免过于突兀，可梦中的悲剧绝不能在现实中上演。

梦醒之后，我还有好多事要带他去做。

人的一生再短也有数十载，算上梦境里的光阴，我在优渥的物质条件下已经虚度了三十年，第一次感到时间竟然是如此难以掌控的对手。

但我还是勉强给自己找了个让他无法反驳的理由："蒋驰他们要打篮球，没人管我。我想找个人一块儿吃饭。"

示弱是个很不错的手段，从此我运用此手段愈发驾轻就熟，换着法地拿捏李迟舒。

果不其然，他纠结了一秒，低下头说："好吧。"

由于没到饭点，这会儿来食堂三楼的人屈指可数。

我买了两份咖喱鸡饭，推了一盘到李迟舒面前。

他立马说："我不用。"

"我买都买了。"我把勺子递给他,"你陪我吃嘛。"

在梦中,李迟舒说他在读大学以前都不知道咖喱是什么味道。

听起来很夸张?

第一次听他这么说的时候我也是这样的反应:"怎么可能?!"

可是他就那样安安静静地笑着说:"真的。"

那样的笑不会让你觉得你冒犯了他,李迟舒就只是平静地告诉我,他真的没有吃过咖喱。

他的读书时代最重要的一件事是念书,其次就是省钱。

他拼了命地念书,拼了命地省钱,一分钱恨不得掰成两分来用。

在不被饿死、冻死的情况下,他觉得为口腹之欲多花一毛钱都是浪费。

我记得梦中他告诉过我的一切,唯独忘了学校三楼的咖喱真的很辣。

李迟舒吃进第一口就被辣得满脸通红。

我赶紧去买矿泉水,可三楼只有饮料。

于是我问:"要雪碧还是芬达?"

他在被呛得说不出话的情况下,还能在这两种饮料间来回犹豫。

李迟舒眼珠子一转,我就知道他在想什么——他在猜哪个更便宜。

033

我径直去了卖饮料的窗口,刚好后厨拿上来酸甜的橙汁。我把橙汁一端到李迟舒面前,他就仰头喝了大半。

我又买了份不辣的土豆牛腩,往他盘子里匀了一些白米饭,帮他把菜拌到饭里。

"谢谢,"他乖乖等着我拌好,感谢道,"这些多少钱……你下次刷我的卡……"

"刷什么刷!"我说,"这是蒋驰打篮球打输了答应请我吃的,不吃白不吃,你难不成还要还给他?"

说完我把卡亮出来。

校园卡大头照上,蒋驰的笑容里透露出一股清澈的愚蠢。

李迟舒不再说什么。

我又问:"下个周末小长假,你有没有安排?"

"安排?"他想了一下,摇摇头,"应该就去教室自习吧。"

李迟舒的家离学校不远,但是他一年四季都住校,除了寒暑假很少回家。家里没人,唯一的外婆在他父母出事后精神和身体都变得不太好,常年住在养老院,照料自己都是难事,遑论照顾李迟舒了。

李迟舒是个闷葫芦,可再闷的葫芦也得有个口来宣泄情绪。

想着在家憋久了不利于身心健康,我决定带他出门放松心情。

我埋头吃饭:"那你能不能跟我去个地方?"

想着他最紧张他的学习,我又马上补充:"不耽误你做作业、看书,就跟我去那儿,你该干什么干什么,没人打扰你的。"

他没吭声,过了一会儿他问我:"你家?"

"不是。"

其实我都没想好去哪儿。

他试探道:"有你别的朋友一起吗?"

"没有。"

李迟舒似乎松了口气。

他在这个年纪不太擅长跟陌生的同龄人打交道,尤其是我那一堆家境过分优渥的朋友。他们人人身上都带着"何不食肉糜"的"天真",那样的"天真"反而使李迟舒生出对贫穷一无所知的他们的小心。

在梦中,有一年聚会,李迟舒讲起他五六岁时第一次跟着父母到打工的地方看他们做蜂窝煤,蒋驰咧着嘴问:"蜂窝煤是什么?"

我把照片给蒋驰看了,他指着图瞪大眼睛:"这东西还有人在用?"

当时李迟舒低着头笑笑,很久才回答:"在我小时候,我冬天就靠这个取暖。"

蒋驰立刻连声道歉,带着满满的愧疚和真诚。

可李迟舒最不愿意见到这样的愧疚。

明明是他曾经历过的苦难,却总让朋友在得知时产生对不起他一般的负面情绪。

好像那样的过去是多不能触碰的伤疤一样,其实他没有那么不愿意面对。

"怎么样?"等李迟舒所有的局促和不安在试探后平静下来,

我才抬头看他,"去吗?"

"远吗?"他问。

"不远。两个小时的车程。"我说,"就是条件不太好,有点破。放完假就回来。"

他想了想,点点头:"可以。"

李迟舒大抵真的不饿,一盘土豆牛腩只吃了一小半。如果不是学校没有加热冷饭的微波炉,我应该不会无视他眼中流露出的想打包带走的意图。

回班上以后我凑到蒋驰身边:"你哥是不是管咱们这儿的农村规划?"

蒋驰一头雾水:"是啊,怎么了?"

"你能不能让他帮我找找,哪个乡下有能租的房子。破烂点的,条件差的,最好还是水泥地那种,但也不至于不通水电……哎,不通也行,反正怎么不好怎么来。帮我问着,我想租一间这样的房子。"

"你租这干吗?"蒋驰"嘿"了一声,"你今天一天怎么都奇奇怪怪的?"

"我有用。"我满脑子房子这事儿,"记得帮我问啊,越快越好,最迟下周我就要用。"

蒋驰来脾气了:"你不说干吗我怎么问?"

我说:"你一定要听?"

蒋驰说:"要听。"

我说:"我要跟人一块儿度假,放松心情。"

"度假?"

蒋驰一听，眉飞色舞，把椅子腿翘起来使劲往我这边挨："谁啊，什么假要去乡下老破小里头度？"

"你不懂。"

"我不懂。"他嘿嘿一笑，"你要把谁拐去啊？"

我说："李迟舒。"

蒋驰差点从椅子上摔下来，跟在梦中听我第一次介绍李迟舒时的反应一模一样。

我扶起蒋驰："咱俩以后换卡用。"

蒋驰的面色很不好，可能还没缓过来："你认真的？"

"真的。"我点头，"期末再换回来。"

"不是！"

蒋驰欲言又止，左右看看，之后凑近我小声道："你……真的……要跟他……去那里……你脑子没病吧？"

上课铃响了。

我从桌子边站起身，习惯性地像在工作室里那样把手插进裤兜里，冲他歪了歪头："我没病。我不仅要带他去那个老破小里头度假，以后还会当李迟舒的跟屁虫。你最好趁早接受。"

然后跟我一起当李迟舒的跟屁虫，一起看着李迟舒，直到把他的病情扼杀在摇篮里。

我在心里默念。

中午放学我转到李迟舒班后门看了看，他果真没去吃饭，一个人在教室里做题。

我没打扰他，径直去地下超市买了一盒葡萄和一盒切好的猕猴桃，顺手拿了些小零食，回到李迟舒班以后反方向坐到李迟舒前面的位置："别做了，吃点水果。"

李迟舒笑笑："我不饿。"

"知道你不饿才买的水果。"我把盒子打开，往他手里塞叉子，"用蒋驰的卡刷的，多吃点。"

李迟舒犹豫不决："他……他又打球打输了？"

我没吱声，心想要是每请你吃一顿蒋驰就输一次球，那我得跟他打到猴年马月去。

我从李迟舒桌上抽了张纸铺在手下，一边去洗葡萄一边说："我们打球前就约好了，赢的人可以拿着卡用一个学期，随便怎么花。"

"花完了呢？"李迟舒问。

花完了我再充啊，哪能饿着你。

"花完了……就再打一场呗。谁赢了谁有权利刷卡。"

我把洗好的葡萄拿过来放在盒子盖上，示意他快吃。

李迟舒犹犹豫豫的，见我把葡萄往他面前推了推，才拿起叉子叉了一个放进嘴里。

"谢谢。"

李迟舒慢慢地嚼着，斟酌道："但你老是把卡给我刷，是不是也……不太好。"

"挺好的。"我自个儿拿起叉子叉了块猕猴桃放在嘴里，"葡萄好吃吗？"

李迟舒点头。

我不动声色地把叉子扔在地上，扔完了再弯腰去捡，随后放在纸上道:"我叉子掉了。"

"你用我的。"李迟舒擦了擦嘴角,赶忙把他手里的叉子递给我。

"我用你的,那你怎么吃?"我笑吟吟问,"用手抓?"

李迟舒犯了难:"我……"

"好啦好啦。你吃吧,我不想吃了。"

李迟舒看看叉子又看看我,继续吃了起来。

第一批出去吃饭的人快回来了,我从座位上拿起那几包顺手买的零食放到他桌上:"下午馋的时候就吃点,别饿着。你太瘦了。"

李迟舒兴许知道自己拒绝了也没什么用,对着那几包零食琢磨了几秒,慢吞吞地把它们分成两份,又把多的那份往我这边推,只给自己留了一包:"你也拿去吃点……你也挺瘦的。"

我本来已经半转身要走来着,听到他这话觉得好笑,转过头去问他:"我瘦?"

"嗯。"他很轻地点了下头,"你……手很瘦。"

可能怕这么直白地评价我会惹我生气,他又补充道:"手指……也很长。"

我别开目光咳了一声,把那些零食推回去,指尖在包装袋上特意停留了几秒,以便朝李迟舒展示我的手指有多长:"太长了也不是好事。"

李迟舒一愣:"啊?"

"没什么。"我把他前头的座椅挪回去,躲开他的视线,憋笑道,"我先走了。"

李迟舒只从那堆零食里挑了一包打开，打开的零食也没有吃完——他不是很喜欢吃零食。

　　在梦中，李迟舒曾经告诉过我，对于小朋友们特别喜欢的零食，比如雪糕和气泡饮料，他在还是个小朋友的年纪里比任何人都渴望，可过了那个阶段，他再怎么想弥补自己也无济于事。
　　几岁的人就吃几岁的饭，已经消散的欲望，只能停留在属于它的年岁里，无论如何都回不来了。
　　现在醒来，趁来得及，我想尽可能弥补他遗憾的那些年。

第二章

拉花咖啡
lahua kafei

凌晨三点,
我尝试着拨通了他的号码。

|拉花咖啡

　　下晚自习回家的路上途经一家药店，在叫家里的司机停车以后，我去给李迟舒买了两瓶眼药水。
　　跨进药店的前一刻，我无意间瞥见旁边的一家咖啡厅，想起了梦中李迟舒说过的话。

　　梦中的李迟舒生病以后总是喜欢买很多稀奇古怪的东西，越贵越好，买回来却总是堆在家里落灰，很少去碰。
　　我想他是出于一种报复性消费的心理。
　　二十来岁已经事业有成的他，在想方设法补偿过去一无所有的小李迟舒。
　　他对大多数事物都提不起兴趣，偶有几个能让他有兴趣捣鼓几下的，其中之一就是他买的咖啡机。
　　我还有幸喝过几次他做失败的拉花咖啡。
　　有一回，李迟舒和我一人捧着一杯他亲手做的咖啡，他的手瘦骨嶙峋，细得让我担心他快拿不住手上沉甸甸的咖啡杯。
　　他坐在家里的地毯上轻声讲："禾一食堂一楼的饭菜虽然味道比不上另外两层楼的，但好在还有两台电视。我每次吃饭，看到电视里的人喝咖啡就在想，店里的咖啡到底是什么味道，杯子里的拉花到底是怎么做出来的，它们和咖啡一起喝进嘴里，能尝出区别吗？我有时候一顿饭食不知味的，脑子里全是在想咖啡。我猜电视里的拉花咖啡一定比班上同学冲的速溶咖啡好喝。但是当年他们杯子里的那些速溶咖啡，我闻着就已经很香了。"

我问他："那你现在觉得哪个好喝？"

他凝视着杯子里的咖啡浮沫，笑了一下："喝不出来。都差不多，苦苦的。"

我揣着给李迟舒买的眼药水，拨通了我妈的电话："妈？"

我妈不出所料地正在跟人打牌："放学啦？"

我应了一声，问她："咱家有咖啡机吗？"

"有啊，"她说，"就在三楼茶水间，你想喝咖啡了？"

我没答，又问："咱家请的那位西餐师傅，会做拉花咖啡吗？"

其实我本意是想让厨师第二天帮我做杯拉花咖啡，我直接带去学校来着。

可在睡觉之前我面临着一个自己潜意识里一直不愿意触及的东西：做梦。

我害怕一觉醒来自己又躺在冰冷的灵堂，抬眼只看得到李迟舒的黑白相片。

因此我宁可不睡。

但黑夜实在是拥有让人内心难以抵抗的强大力量，我开始理解梦中生病的李迟舒为什么对它如此恐惧。

我在床上辗转反侧，恐惧蔓延在每一秒钟里。

凌晨三点，我尝试着拨通了李迟舒的号码。

我其实并不确定我从梦中获取的这个电话号码在现实中的主人是不是他，但是我还是打了过去。

学校对学生带手机的态度向来是比较开明的，学生私下用手机和家里人联系，是被宿管默许的。

电话接通以后，李迟舒半梦半醒的声音传过来："喂？"

我心里的石头一下子落了地。

我说："李迟舒。"

他安静了两秒，接着我听见了窸窸窣窣的响动。

为了不吵醒别人，李迟舒正在把头埋进被子里。

再开口时李迟舒已清醒了许多："沈抱山？"

"嗯。"

"你……你怎么有我的电话？"李迟舒问完，没等我回答，又压低声音接着问，"怎么了？有事吗？"

我略过他的第一个问题，只说："我睡不着。"

他被我搞沉默了。

但我不肯挂电话，就这样听着他缓慢的呼吸声。

过了一会儿，他大抵是无奈了，问道："那，怎么办呢？"

我说："你能不能把通话开着睡觉？有声音陪着我，我会好睡些。"

他打了个哈欠，小声问："这样你就睡得着了？"

"嗯。"

"那……好吧。"

李迟舒一天睡觉的时间本就不多，尤其是在学业繁忙的这一年。

在梦中,他回忆起这段日子时只告诉我,在这一年里,他几乎每晚都是一点以后睡,不到六点就起,午觉最多补一个小时,累得只要给他一个枕头他随时随地都能马上睡去。

所以在答应了我之后,很快他就又睡着了。

我拿着跟他保持通话的手机,戴上蓝牙耳机,拿着平板电脑,去了三楼茶水间,用剩下的三个小时练习着如何成功做一杯不那么丑陋的拉花咖啡。

九月二十三日,晴

今天和沈抱山同时上体育课,他打了一节课的篮球,下了课也在打。

我在乒乓球台旁背单词,背到第一百三十八页。

九月二十三日,晴

今天沈抱山很奇怪,上体育课的时候竟然来找我说话,问我睡得好不好,还叫我注意眼睛。

下了课又找我陪他吃饭,午休时给我送了水果和零食。我怀疑他是不是有什么事要找我说,但是不好开口。

对了,他叫我小长假陪他去一个地方。说不定是因为这个,他现在才这样对我。

其实不用,就算他不这样,我也愿意陪他去的。

不过猕猴桃和葡萄真的很好吃,咖喱原来是这个味道,我不太吃得惯。

谢谢沈抱山。

当李迟舒的声音再度在我的蓝牙耳机里响起时,我正在煎三明治。

"沈抱山?"

他在那边试探,好像不确定凌晨打扰他的人真的是我。

"早上好,李迟舒。"

我说:"你还可以多睡二十分钟,今天不用去食堂买早饭,我给你带。"

"不用。"他对任何突如其来的好意第一反应都是拒绝,"我去食堂吃就行。"

"可是我已经买好了——"

我拖长语气,把锅里的吐司翻了个面,放进盘子里,铺上鸡蛋和培根,趁培根还冒油的当儿撒上切好的甘蓝:"你不吃就只能扔掉。"

他在那边轻轻叹了口气:"好吧。"

在我要挂电话的时候他又说:"谢谢。"

"嗯。"

我接受他的道谢:"学校见。"

按理说这个时期的我并不会捣鼓这些东西,最多也就是煮一碗能勉强入口的素面,如今我能在厨房穿梭自如,也是多亏梦里的李迟舒。

在梦中,我们刚毕业那几年里他忙于工作,几乎顿顿点外卖。

后来窝在家里养病的那段日子，他没有精力自己做饭，但又对外头的饭菜深恶痛绝，不管我从多昂贵的餐厅带回来的东西，他都吃不了几口。

于是打那时起，我就开始学做饭，而李迟舒对我做的饭菜无论好吃还是难吃都是照单全收，给多少吃多少，一口不剩。

只是我的闲暇时间实在太少，手艺再怎么精进，他也没能经常吃到。

如今一枕黄粱，那场梦留在了早晨的课桌上，而我还记得梦中每一个片段的点点滴滴，其中不乏为照顾生病的李迟舒做的那些努力。

其实我也只是试试而已，从最简单的三明治做起。

我一直在学着去照顾那个叫李迟舒的人，梦里有些生疏，梦醒不算太晚，我努努力或许能赶超他"枯萎"的速度。

做拉花咖啡我失败了很多次，临出门前我抱着最后试试的决心做出来的成品却没有掉链子，专业的比不上，但也还马马虎虎，我打算让李迟舒看一眼就立马把它喝掉。

凑巧的是这个咖啡杯正好有配套的托盘可以卡住底座，我小心地捧着这杯咖啡，把它护了一路，在早自习前悄悄躲到李迟舒班后门看他。

李迟舒做题做入神了就喜欢用左手捏自己的耳垂，但今早的他明显心不在焉，做一会儿就很快地抬头看一眼门口。

他在等我。

我拍拍坐在最后一排的人："麻烦找一下李迟舒。"

对方扭过头去:"李迟舒!"随即这人用笔头指了指我。

李迟舒眼中划过一抹不易察觉但还是被我察觉的光彩,我冲他招手,他很快起身出来。

教室外有个近四米宽的大阳台,许多学生会趁上课前在那里抓紧时间吃早饭。

这会儿人不多,我拉着李迟舒靠边站着,把早饭一样一样摆出来,放在瓷砖墙上。

三明治还是热的,我走之前拿防油纸包好了,方便李迟舒直接拿着吃。

他一定饿了,低头咬了一口后眼睛明显一亮,接着就开始研究我在吐司里包了什么。

我说:"培根、鸡蛋、甘蓝,吐司用黄油煎的。"

他细细咀嚼着:"甘蓝……"

我补充道:"跟大白菜差不多,就是脆点。"

"你买的吗?"他问,"是不是很贵?"

"不贵,成本顶多一块五。"我睁着眼睛说瞎话。

李迟舒又问:"你在哪儿买的?"

我说:"我自己做的。"

他咬吐司的动作顿了顿,然后点了点头,没再说话,也没再抬起头看我,吃得很认真,只留一截白白净净的后颈和蓬松的发顶给我看。

李迟舒天天都穿校服,热的时候穿夏季校服,冷的时候再套一件冬季校服。他的衣领袖口永远都很干净,身上是清爽的皂香。

我问他:"李迟舒,你还是每天都早上起来洗澡吗?"

他摇头，嘴里塞满了我做的三明治，含糊不清地说："我没有早上洗过澡。没时间。"

我从兜里掏出叠好的纸巾，示意他用纸擦拭沾了面包屑的嘴角。

"慢点吃。"我漫不经心地把装咖啡的盒子打开，"那你就是晚上洗咯？"

他顾不上说话，往嘴里塞完最后一口三明治："嗯。"

梦中二十几岁的李迟舒并非如此。

自我跟他合租起，他从来都习惯一大早起来，空着肚子钻进浴室洗漱大半个小时，我说了无数次他总不听。

起先他说是因为工作太累趁早上有精力可以仔细收拾，到了晚上就能冲个澡直接睡觉。

后来是因为被夜晚笼罩的他几乎没有行动力去做任何事，总是喜欢在大白天耗光自己的电量后早早躲进被子里，所以就一直保留了这个习惯。

"晚上洗完澡，就顺便洗校服。"现实中目前看来还算健康的小李迟舒正对我解释，"吹一晚上就能干了，这样第二天就穿干净的。"

"原来是这样。"我别开脸，拿出那杯温度刚好的咖啡，"尝尝。"

这回李迟舒没等我介绍就自己问："这是拉花咖啡？"

我把手插回兜里，微微扬起下巴："出自沈抱山大厨之手。"

他小声说了句"谢谢",捧起杯子抿了一口,很快蹙起眉头,意识到我正看着,又强迫自己把表情舒展开。

"怎么样?"我忍着笑问。

"嗯……"

照李迟舒的性子,但凡有值得夸的地方他都不会吝啬一句赞美。

奈何他是个不会说谎的人,闷了片刻,由于实在想不出什么折中的词,他只能放低声音,企图让我听不见似的说:"味道苦苦的。"

下一秒,他又立马找补:"但是拉花很好看。"

"咖啡就是苦的。"我告诉他,"不想喝就不喝,想喝的时候就告诉我……不只咖啡,别的也是。"

我刚要伸手把李迟舒手里的杯子拿走,他的目光就掠过我身后的一块地方。

下一瞬,他忽然仰头,把杯子里的咖啡一口灌进嘴里,喝得干干净净。

他略微艰难地把咖啡咽下去,舒了一口气,对我说:"谢谢。"

李迟舒一大早已经对我说了三次"谢谢"。

我正打算开口,他就指着我身后道:"你班主任进教室了,你回去吧。"

我和李迟舒班级的两个阳台分别在楼道拐角的左右两侧,像四边形的两条邻边,站在阳台上,两个班的人可以隔空对望。

我回头瞥了一眼,并不太在意。

李迟舒又说:"你把杯子留下,我待会儿洗了,课间还给你。"

我想说"不用",但念头一转,正好可以在课间见他,就答应了。

"你回去吧。"李迟舒仍然端端正正地捧着杯子,"我……我也进去了。"

话是这么说,可李迟舒的腿纹丝不动,眼睛也不眨,像要目送我进了班才行。

我朝他一笑,道:"那我走了。"

他突然一愣,磕磕巴巴地道:"啊……嗯。"

我装没瞧见,头也不回地转身走了。

事实证明,人不能装,一装老天爷就要把你打回原形。

我在李迟舒面前装酷的时候有多潇洒,上课打瞌睡差点滚下椅子的样子就有多狼狈。

十分钟的课间根本不够睡,我好不容易熬到第二节课下课,正好碰上李迟舒来送杯子。

我把杯子拿回自己桌上,再回到李迟舒面前,在他转身时抓住了他的衣角。

李迟舒回头,看看被我抓着的校服衣角,又抬头看看我,带着愕然用只有我听得见的声音说:"沈抱山……"

我双目惺忪:"李迟舒,我真的好困。"

他抬起胳膊,犹犹豫豫地试探半天,想要把我的手从校服上推下去,但最终没有行动,只是低头沉默半响才问:"那,怎么办呢?"

我没忍住,笑出声,站直了看他:"李迟舒,你除了这一句和'谢谢',还会说别的吗?"

他没料到我会这么反问,兴许自己回忆起来也觉得好笑,遂低下头笑了笑,没有接话。

我看着他额前挡住眼睛的碎发:"现在是大课间,我们去操场上溜达会儿吧。"

"嗯……好。"他稍微思索后道,"我先回去一趟。"

李迟舒回班上拿了本生物书。

无所谓。

我只是想确认他一直好好地生活着,这样梦中发生的悲剧就不会出现在现实中。

所以当他坐在草坪上打开书的那一刻,我就顺势倒在了他的旁边。

我觉得不放心,又伸手揪住他的衣角,防止一觉醒来他又消失了。

李迟舒又开始推我。

"沈抱山。"

他挠痒痒一样推了推我的肩:"你怎么睡觉还抓人衣服啊……"

我三下五除二脱了外套盖在自己头上,昏昏欲睡:"给我抓一下嘛,这样我睡得踏实。"

他叹了口气,彻底没法子了,在我头顶小声嘀咕着什么。

我在即将陷入沉睡时被他的话逗得一乐,忽地想起什么,摸索到校服的兜，掏出昨晚买的眼药水递给他："你眼睛干了就滴两滴这个，休息会儿。"

过了几秒他才从我手上拿走眼药水："你买的？"

"不是，别人送的。"

"谁送的？"

……

"我记错了……药店送的。"

"哪个药店呀？"

……

"沈抱山？"

……

九月二十四日，晴
今天我睡过头了，食堂里只有花卷和馒头。
没有粥，我也忘了带水杯，走在路上吃这些干粮很噎。
在教室做了一天作业，我没有看见沈抱山。

九月二十四日，晴
沈抱山给我带了他亲手做的早餐，很大一个三明治，早上吃得有点撑，一直到中午我都没有饿。

培根很香，跟以前吃的肉的味道都不一样，煎鸡蛋也很好吃。我第一次吃甘蓝，沈抱山说味道跟大白菜差不多，但我觉得也很好吃。

沈抱山好像是个很会选食物的人。

拉花咖啡我也喝到了,原来是苦的,可是闻起来很香,也是沈抱山做的。沈抱山很厉害,比我厉害,比很多人都厉害,成绩也很好,还会很多我不会的东西。虽然我也会做饭,但没有他做的那么好吃。

他带的眼药水也很好用,比我初中时候买的那瓶好用。不知道什么药店会送这么好用的眼药水。

真的很谢谢沈抱山。

如果他下一次还睡不着,也可以打电话给我。

第三章

平安饺子
ping'an jiaozi

不只明年，后年、大后年、大大后年，
都要平平安安的。

平安饺子

小长假在下周周五,我提前一天请了假,让蒋驰陪我去看一眼乡下要租的房子。

这破房子是真破,L型,一边是瓦房,一边是改造的二层平房,里面有柴火灶,没空调,电视连着卫星锅。

好在有米面,也通水电,后院还有个葡萄架。

听说这房子偶尔也住人,房主得知能租出去挣钱就赶紧搬了腾地方。

出发前我先买了一堆水果,又让家里的师傅做了些牛肉包,以防李迟舒在我没看着他的一天里又随便对付了事。

如果他问的话,就说是我自己尝试做包子,结果失败了,放在家里也没人吃,就拿出来了。

李迟舒果然问了,他不可思议地指着我手里的口袋,像是对我找借口的敷衍态度忍无可忍:"桂圆和葡萄也是你做失败的吗?"

我继续搪塞:"水果是别人送的,我妈叫我带到学校和同学分。我班上玩得好的同学都分完了,这是给你留的。"

多补充维生素对李迟舒的身体有好处。

他无奈接过,又说了声"谢谢",还说:"下次真的不用这样了。"

"嗯。"

我点头:"下次一起吃。"

"啊?"

"没什么。"我把他推进教室,"吃不完你跟别人分分。我还有事,先走咯。"

李迟舒走向自己座位的途中回头看了我两次,我等他坐下去后用唇语叮嘱了一声"按时吃饭"才掉头离开。

蒋驰找他哥借了一辆车,跟我一起把装满雪糕的冰柜运到乡下的房子里去。

他比我早几个月到十八岁,暑假就考了驾照,这会儿正好派上用场——当苦工给我搬东西。

冰柜不大,毕竟只是给李迟舒一个人准备的,大概一张小桌子那么宽,到我膝盖上头点的高度。

蒋驰开了近三个小时的车,我俩一到,就赶紧把冰柜通上电,藏在一间小屋子里。

蒋驰累得口干舌燥,我给他烧了壶茶。

茶叶是这儿的人自己晒的红茶,一大壶水里撒一两片煮进去,又香又解渴。

我把茶放到冷水里镇过以后递过去,蒋驰蹲在房檐底下,灌完一盅茶,一张脸皱得全是包子褶:"呸呸,这杯子里咋全是茶叶末儿啊?"

我靠在木门上,踩着半截小腿那么高的门槛笑道:"我舍不得。"

"舍不得什么啊?"

蒋驰抗议:"人说了这儿的东西随便用,到时候连着房租一起结了就行。"

他冲我挥手:"去去去,你快去,再烧壶好的茶水来。"

"将就着喝吧。"

我转身去搬后备箱里的东西:"我是舍不得把好茶叶煮了,免得李迟舒来的时候没得喝。"

一箱生活用品、一箱食材被分门别类地放在随车的两个轮滑箱里,需要冷冻的食物就放在屋里配套的冰箱里——多数是肉。虽然这个冰箱的冷冻效果不太好,但冷冻几天还是没问题的。

我没带多少菜过来,因为已经被提前告知这屋主在门前开垦了菜地,想吃青菜和土豆都能在菜地里现挖。

蒋驰在堂屋喘完气又过来凑热闹。

"拖鞋、水杯、毛巾……嚄!"他抱着胳膊在我后头看完这边看那边,"饺子皮儿都备上了!还有碗和筷子!你要在这儿扎根建设新农村啊?"

我懒得搭理他:"李迟舒爱干净,别人的东西他用不惯。"

"呦呦呦他用不惯……"蒋驰摇头晃脑,阴阳怪气,"你准备的东西他就用得惯啊?"

我没出声,把东西一样一样收拾好。

蒋驰这时又突然说道:"欸,这水杯刚刚你怎么不拿出来给我用?"

……

李迟舒来的那天还是蒋驰开的车。

　　没办法，我虽然在梦里无所不能，但在现实中还是个没考驾照的十八岁高中生。

　　李迟舒今天还是穿的蓝白相间的校服，踩着一双洗得发白的帆布鞋，抱着个鼓鼓囊囊的书包，坐在后排背英语单词。

　　而我则提了两个大行李箱。

　　在蒋驰第八次从车内后视镜里打量李迟舒的时候，我终于忍不住了："看路看路！你眼睛长镜子里啦？"

　　李迟舒原本只在背书时偶尔抬眼看看窗外，此刻闻声望过来，我和蒋驰两人在前头又都不吭声了。

　　过了一会儿，李迟舒可能觉得第一次跟蒋驰见面，不说点什么也不太好。

　　于是李迟舒合上课本，清了清嗓子，略微坐起来一点，往驾驶座的方向轻轻喊了一声："蒋驰。"

　　"嗯。"

　　蒋驰应得很快，正大光明地看着后视镜，还趁机冲我耀武扬威地瞥了一眼。

　　李迟舒斟酌了一下，给他和蒋驰的第一次交谈开了个不太愉快的头。

　　"听说你打篮球打输了？"

　　我往头枕上一靠，闭上了眼。

　　聊天鬼才李迟舒。

　　"我，打篮球，打输了……"蒋驰看向我，"吗？"

我说：“看路。”

"哦，我想起来了。"

蒋驰冲后视镜一笑，看回大路："就周四那天嘛，大课间不跑操，输给这小子几次。"

李迟舒还打算开口，我忽然睁眼侧头望过去："你书背完了吗？"

李迟舒一愣："没有。"

"你要不睡会儿吧。"

我把座位前的放置柜打开，从里头拿了条羊绒毯子："还有两个小时才到，你先休息休息。车里边开了空调冷，不开又热，你拿条毯子盖着。"

蒋驰从鼻孔里发出不屑的气音。

李迟舒靠着车后座睡觉，一睡就睡到了终点。

太阳正大，等我和蒋驰把东西提进屋放好后，我才开车门喊醒他。

"到了？"

他迷迷糊糊睁眼，一觉睡得很沉，但估计脖子睡僵了，所以他一直捂着。

看来他告诉我高三很累的话确实不假。

我帮他把毯子和书包从车上拿下来："进去坐，待会儿我把床铺好再睡。"

他揉着眼睛，道："我来铺吧。"

"先不慌。"我让他出来，"把饭吃了再收拾。"

蒋驰上了个厕所出来，手里边转着钥匙扣："我上车走了啊。"

我说:"再玩会儿啊。"

他扭头:"玩什么?"

我笑了两声:"那行。你路上注意安全,到了打个电话。"

他比了个"OK"的手势,关上车门后又从窗子里探出头来,说道:"对了,那儿有辆摩托,你们有急事儿啥的开那摩托也行,给我打电话也行。不过用了摩托记得给人还回去啊。"

"知道啦。"

"走了啊。"

我送走蒋驰,回头看,李迟舒还抱着他的书包坐在堂屋里,望着墙角一盒打开的糨糊似的玩意儿发呆。

这玩意儿应该是屋主留下的。

我说:"不上楼去看看?我们这几天可都要住在这儿,这家条件不好。"

李迟舒问:"这是谁的家?"

"我的啊。"

我伸手把他从长凳上扶起来:"家里老一辈的房子,我小时候就在这儿长大的。爸妈让我每年都要过来住几天。这次你陪我在这儿住,挺不安逸的吧?"

沈抱山,你说起谎话越来越熟练了。

"没有。"李迟舒这才开始环顾四方,说,"你也住过这样的房子啊。"

"这房子其实挺好的。"

我带着他上楼:"就怕你不习惯。"

"不会的。"他摇头,顿了顿,又抿了抿嘴,像笑又不像笑,说,

"我家条件……其实跟这儿差不多,嗯……这里比我家要好一点。"

看来蒋驰找的这房子还是不够破。

我装作漫不经心,应了声:"是吗?"

李迟舒哪里知道,这才是我的目的。

在梦中,李迟舒把自己青春里那些暗淡无光的痕迹藏在与我谈笑时的言语间,从不肯详尽地告诉我他的所有过往。

我似乎知道他曾经的贫穷、困苦与孤独,那样的他总是在我的脑海中呈现出一种片面式的印象。

后来我发现,我其实对他知之甚少。

他掩藏在平和笑容下那些不堪回首的过去,甚至连他自己都不愿意面对。就像他住了二十年的那间老房子一样,从不肯向外透露半分。

每当他谈及他的学生时代里为了省钱而节衣缩食的日子,我顺势想再深挖几分,多问他一点时,他就会摇摇头,用他那副最典型的笑容把我挡回去:"你不知道的。"

"真的很穷。"他那样的笑最温和不过,也最疏离不过,"你无法想象的。"

他把那个承受痛苦的自己,连同自七岁起十几年来当他想起就犹如撕扯伤疤一样触碰到他的自尊与自卑的过去,都锁在那间房子里。

连我也成了和蒋驰那样触及不到他的贫苦的局外之人。

可是被关起来的那个李迟舒,越来越孤独,而痛苦越不可触碰就越难以磨灭,最后和那一屋的黑暗融为一体,吞噬了他自己。

所以你看啊，李迟舒，你和沈抱山一起站在本还可以再破烂一点的房子里，这个人也不是多遥不可及的，你与他之间没有那么深的天堑。

他也可以吃你吃过的苦，走你走过的路。

别把自己一个人关在门内了，李迟舒。

我和李迟舒铺好床，他站在我对面欲言又止，我没有给他说话的余地："晚上想吃什么？"

"呃……都可以。"

"吃饺子吧。"

他怔了怔："饺子？"

"饺子。"

我冲他偏头："你不想吃？"

"不是。"

他急得甚至摆了摆手："饺子……就吃饺子。"

李迟舒抬脚就要走："我下去跟你一起做。"

我拦着他："你别去了，要现烧柴，到时候熏你一脸。"

我看他还想争取，又说："我一个人做能快点。"

李迟舒这才打住："好吧。"

"你是要看书还是下去玩儿？"

我指指窗台下的书桌问道。

大概是因为放假第一天，李迟舒稍微放松一点，在楼上做了快一个小时的作业就下来了。

此时天色昏暗，我剁好肉馅后，往灶里点了火加了柴，然后一边煮水一边包饺子。

　　李迟舒扒在厨房的小木门那儿时不时地探头看。

　　"马上就下锅煮了。"

　　我抬头瞧他一眼："饿了？"

　　他还是摇头，试探道："我能进来看看吗？"

　　我哭笑不得："进来啊，我又没拦你。"

　　李迟舒快速走到砧板和一桌子馅料前，眼底满是藏不住的期待。

　　我知道这是因为他没吃过饺子。

　　或许吃过，但那是七岁以前的事，他没记忆了。

　　梦中的李迟舒总是报复性地补偿自己许多东西：各式各样的咖啡机、几十套价格不菲但买来几乎没穿几次的睡衣、各种地毯、许多副耳机、不同品牌的水杯和台灯……但有一些他也从来不去碰，比方说饺子、汤圆。

　　有一次他看见电视里一家人其乐融融地吃着饺子，同我谈起这个话题——

　　"小时候想吃，外婆不让。有一年大年三十，她从敬老院回来，说给我做顿饭，我说想吃饺子，她先骂了我一顿，又自己哭了很久。说爹妈都死了，还吃什么饺子。然后第二天，她就回去了。可是第二天……"

　　李迟舒说到这里不再说了。

　　第二天是他的生日。

　　大年初一，最孤独的人出生在最热闹的日子里。

我那时听完安慰他，说第二天就给他做饺子，他说他不要，他真的不想吃。

他怕我生气，笑着跟我解释："不过是面粉和肉团，分开来做怎么都能吃，合在一起变成饺子，意义就不一样了。而我确实没有吃它的习惯。虽然小时候是外婆不让吃，但现在我真的不想吃了。"

我沉默地包着饺子，一抬眼，对上李迟舒跃跃欲试的眼神。

我问他："你想包？"

他眼睛亮亮的，点点头："可是我不会。"

"不会我教你。"

我抽了双筷子，分给他几块面皮，教他手势："夹些馅儿进去，别太多，筷子再蘸点儿水……"

饺子煮好时天已经黑了，我俩在屋檐下的土坎上支了张小桌子，房梁顶上有一盏缠着蛛丝的黄灯泡，李迟舒跟我一人一个小板凳，围着一盘饺子吃起来。

热气冒腾到我们头顶，我直起上半身，又特地歪向李迟舒的方向，问："好吃吗？"

他顾不上说话，两手捧碗，嘴里塞满饺子，望着我直点头。

"你慢点吃，小心烫着。"我笑了笑，"就是可惜没带硬币。"

他含糊不清地问："硬币？"

"饺子里藏硬币，咬到的人来年都会平平安安、吉祥如意。"

我突然想到自己胸前还有个金坠子，立马站起来。

"你等我两分钟。"

这坠子是我十二岁本命年家里人给我买的，是一个老虎，在梦中有一年我把它送给李迟舒了。

现在我把它取下来，用香皂洗了洗，然后跑回桌子前坐下，将坠子递到李迟舒嘴边："咬一下。"

李迟舒还嚼着饺子，看看坠子，又看回我脸上："嗯？"

"咬一口。"我说。

"哦。"

他好不容易把嘴里的东西咽下去，喝了口水，微微张嘴，牙齿在老虎身上轻轻碰了一下。

我把坠子搁在桌上："人家咬硬币，你咬金子。不只明年，后年、大后年、大大后年，都要平平安安的。"

他低头盯着那个坠子好一会儿，才埋头笑笑，小声说："谢谢。"

蒋驰找的这地方，该破的不破，不该破的破了个全。

就比如说洗澡，还得现烧热水。

好在我吃饭的时候就已经给李迟舒烧了一桶，在他提出要去洗碗时成功被我用洗澡这个要求回绝了。

等他上楼找好换洗的衣服下来时，我也差不多洗完了碗，看他头也不回地往厕所走，我把他叫回来："你等会儿。"

李迟舒很听话地停住："怎么了？"

我把他手里的衣裳拿过来抖开看："短裤？"

"嗯。"他望向我的目光中带着点不解,"我爸爸的……怎么了吗?"

李迟舒就带了两套换洗的衣服,这是我意料之内的,他学生时代的所有服装几乎都来自他已故的父亲。

春夏秋冬每季中,他总能找到几件虽不合身但凑合能穿的衣服。

"山里晚上蚊子多得很,穿短裤要被咬。"我转身上楼,"你等我一会儿。"

我的两个大行李箱里有一半的东西都是为李迟舒准备的。

来之前的一周里,我就已经让家里做衣服的阿姨帮我给李迟舒定做了两套合身的睡衣。

拿着给他做的睡衣下楼时,我又回头看了一眼他那套衣服。

那套衣服很大,比他本人的身架大了不知道多少,颜色是县城集市摊上经常出现的军绿色,材质是最不透气的涤纶。这衣服估计十五块钱,最多不会超过二十块。

我又想起梦中那个买了一柜子奢侈品牌、但从始至终只爱穿毕业时买的第一套纯棉睡衣窝在被子里的李迟舒。

十月一日,晴

放假第一天,我给老师交了留校申请,学校没人,食堂一楼窗口只有一个菜。

我做了两张数学卷子和一张英语周报。

我要七天之后才能看见沈抱山了。

十月一日，晴

今天陪沈抱山去乡下了，原来他老家是这样的，我以为他从没住过这种房子。

沈抱山给我做了饺子，我吃了十三个，已经好多年没吃过饺子了，跟着沈抱山好像运气会很好，总能吃到很想吃的东西。

他还让我咬了一口他的老虎金吊坠，咬完以后他说我未来四年都要平平安安的。

我晚上睡觉穿的他的睡衣，他说是他小时候的，现在穿着不合身，所以带来让我试试。不过真的跟我很合身，哪里都刚刚好，穿着很舒服。

睡觉的时候二楼的电风扇不转了，很热，沈抱山到处找东西扇风，最后找到两把塑料扇子。

但我没力气扇很久，扇着扇着就睡着了，醒来看见他还在给我扇风。

我没有说话，希望他没发现。

但是很谢谢他。

他真是一个很好的人。

李迟舒的闹钟在早上五点五十分第一次响起时就被他关掉了。

我正睡得迷迷糊糊的，说："再睡会儿。"

可李迟舒是个天生自律的人，没过多久，他就悄悄下楼洗漱了。

我在楼上听着，下头没动静许久，李迟舒还不上来。我本来打算掀开被子下去看看，一起身就定住了，坐在床上冷静了一会儿，才下去看。

原来李迟舒一直蹲在灶口前，手里拿着根柴，一副要放不放的样子，对着灶口如临大敌似的。

我捏捏鼻梁走过去："干什么呢？"

他仰头看着我："我想做早饭来着，可是……"

"可是不会烧。"我接过话，拉起李迟舒，"我来吧，你上去做会儿作业，饭好了我叫你。"

他往外走了两步就转回来停下，道："我跟着学一下吧。"

"好啊。"

其实我初来乍到也不太会生火，毕竟梦中的李迟舒没有提出过要吃柴火饭的想法。

我还是前天来了以后回去现查现学的，昨晚第一次上手做起来生疏，边给我爸打电话边请教操作。

这事儿我爸很熟，他年轻时跟我妈一起创业，下乡干过几个月。

早晨喝稀饭对胃不太好，虽然不知道现在的李迟舒有没有胃病，但防患于未然总不会错，最终我选择煮昨天剩下的饺子。

李迟舒还是和第一次尝到饺子那样，吃得很香，一边吃一边脑子里转着弯儿想问题，吃了两口就问我："这里是有人常住吗？"

"有啊。"

我面不改色："平时有请人在这儿帮忙看房子，打扫打扫卫生什么的。"

他"唔"了一声,又问:"那那辆摩托车……"

"我叫蒋驰帮我借的,免得这两天万一有点急事儿什么的不方便。"我把盘子里剩下的几个饺子赶进他碗里,"中午想吃什么?"

李迟舒埋头又往自己嘴里塞了一个饺子,而后从碗里抬起头瞅着我,试探道:"饺子?"

第四章

冰激凌
bingjiling

嫩芽覆在黄叶上,
如他荒芜的故岁正悄然新长。

冰激凌

洗完碗我和李迟舒一起回二楼做作业。

做着做着,眼瞅着日头愈盛,快要到午饭时间了,我一边写一边问李迟舒:"想不想吃雪糕?"

"雪糕?"李迟舒没有正面拒绝我,只是让我趁早死了这份心,"这里也没卖的吧。"

我笑了一声,没说话。

李迟舒渴望吃雪糕,恐怕连他自己都没察觉。

那是梦中我跟他合租以后的某一个夏天,我在一个周末去市中心的一座写字楼跟下一个项目的合伙人见面,李迟舒在楼下的咖啡厅等我,一等就是一个下午。我交接完事情从楼里出来时,他正望着不远处一栋单层独立建筑发呆,我在他身后站了多久,他就看了多久,一动不动。

那栋建筑在这个商业区并不新奇,是某知名冰激凌的全国连锁店,店门口的玻璃门开开合合,人流就没怎么断过。

我站在他身后,问他是不是想吃冰激凌。

他说只是想起了自己兼职的日子。

毕业考试时,李迟舒才成年半年,学业结束,他突然没有了目标，也没有了团体生活。

可他朋友极少，读书时独来独往，几乎没有能说得上话交得了心的朋友，于是他打暑假工也找不到门路和人脉。

像他这样的好学生，但凡有个能打听、热心的长辈，安排他去补习机构给初高中生做私教其实是很容易的。

可李迟舒木讷又不圆滑，于是在距离出考试成绩还有大半个月的日子里，他当起了最廉价的都市劳动力——发传单。

那一年夏天很热，气温最高接近三十九度，所以每天正午到下午四点多这一时间段时薪最高。

李迟舒选择了这个时间段，在他现在所处的这个咖啡厅坐落的商业广场，顶着灼灼烈日，每天汗流浃背地干到下午六点，随身带的只有最便宜的纸巾和一个保温杯。

我以为他想告诉我自己在那样的条件下看见冰激凌时有多渴望，结果他只是打趣自己："站在冰激凌店门口那么多天，我连人家是卖冰激凌的都不知道。那么多人提着盒子出来，我还以为盒子里装的是蛋糕。"

他没再说起冰激凌，只是在跟我一起回家的路上说起了另一个同样炎热的夏日。

那个夏日的阳光同样刺得人睁不开眼，对于年纪更小、更瘦弱的李迟舒来说，是毕生不想再经历一次的煎熬。

七岁的李迟舒被突然丧父的消息"砸"得不知所措，在还没回过神来时，就被母亲拉着前往某广场，讨要说法。

李迟舒早就不记得他们当时是朝谁讨要说法了，广场上的那些铝合金大字对年幼的他而言，不过是多看一次就会把眼睛刺激得更难受一分的奇怪符号。

他也不记得母亲领着他说了多久,唯一有印象的是从自己脸上不断滚落的汗珠。

李迟舒口干舌燥,路过的人渐渐聚集在他和母亲身边,议论纷纷。他的视线从地面无数双凉鞋上往上平移,最后在熙熙攘攘的人群中发现了几个同班同学的面孔。

他们有的被家长牵着,有的结伴而行,脖子上系着和李迟舒一样的红领巾,他们对他投来或好奇或同情的目光——都是七岁的孩子,懂什么呢?

李迟舒也不懂,只顾着盯他们手里的雪糕罢了。

那些雪糕的尾部总是在没来得及送入口时先慢慢融化成水,顺着雪糕的木签流到他们的手上,最后和李迟舒的汗水与李母的眼泪一样滴落在地上,被夏日的高温所蒸发。

他不停地舔舐自己干裂的嘴唇,尝到的只是自人中淌下来的咸味。

那天他们手中的雪糕是什么味道的?

李迟舒永远不会知道。

"后来呢?"我一边开车一边问他。

"后来?"李迟舒以一种近乎静默的姿态回忆着,像是又置身在那个炎热的夏日,不自觉拿起我平时为他准备的放在车里的温水,"后来在政府的监督下,那个承包公司赔钱了,我妈也走了。她在走之前把钱留给了我,叫我好好读书。她说那是我唯一的出路。"

午饭没吃饺子,我给李迟舒做了份柴火版的黑松露口蘑拌饭,他吃着很新鲜,问我碗里的黑色的菌子是什么。

我说:"黑松露。"

他看着碗里,跟着重复着:"黑松露……"

我问他:"好吃吗?"

他沉思了一下,实话实说:"吃不出来。"

"是吧,我也吃不出来。"我拿着勺子把碗里的饭又拌了拌,"是我爸妈做生意的朋友送的,听说挺贵,但我觉得再贵味道也就那样。"

他捧着碗冲我笑笑,又低头去研究那碗拌饭。

吃完饭李迟舒非要洗碗,我琢磨着:"后院有个葡萄架,你去看看上头有没有能吃的葡萄,有的话摘点来,没有就算了。"

李迟舒很听话地去了。

我马不停蹄地洗了碗,又去开厨房旁边那间小黑屋的门,费了点力才把冰柜搬出来。万事俱备以后,我在原地等了半天,也不见李迟舒的影子。

他摘个葡萄摘那么久?

"李迟舒?"

我且行且喊着,径直找到后院去。

葡萄架底下有张小桌子,估计是屋主午后用来喝茶的。李迟舒背对着我站在桌前,手里似乎举着小旗子之类的玩意儿慢慢摇着,他的背影把手里的物件挡住了很多,我只能看见一部分。

"李迟舒。"我又喊了一声。

"嗯?"

他仿佛才回过神来,在光影中回过头。

日光穿藤而过,葡萄架顶新绿温柔。嫩芽覆在黄叶上,如他荒芜的故岁正悄然新长。

我招手示意他过来:"在做什么?"

他放下手里的东西,朝我走来:"没有……这里好像没有葡萄。"

"没有就算了。"我把他往屋里推,"走,去吃雪糕。"

李迟舒一头雾水:"雪糕?"

"雪糕。"我重复着,走了几步蓦地停下,转而面向他,从兜里摸出一条来时就买好的红领巾,系到他脖子上,随后拉着他快跑起来。

午后的乡野静得人心恬淡,我让他在冰柜前站好,然后独自绕到冰柜后,一手撑在柜上,一手打开柜门,一股清爽的凉气直冲而出。

李迟舒怔在原地,好像惊讶于我有什么魔法。

我含笑问他:"李迟舒小朋友,想吃什么口味的雪糕?"

柜子里的雪糕品牌全被我筛选过,不会跟学校小卖部里的那些雪糕重合。

不然以这个人的性格,肯定会选择他认识的,以免不小心拿到过于昂贵的雪糕。

果不其然,李迟舒的目光在冰柜里扫视了一圈,在发现没一个他见过的包装以后,他谨慎地拿了一盒最小的雪糕。

他不知道,那其实也是最贵的一盒。

门前坝子用水泥砖砌了一堵矮墙，矮墙下就是屋主自己种的菜。我和李迟舒坐在矮墙上，他穿着最简单的短裤和帆布鞋，大概是因为雪糕确实合他的口味，他难得一副悠闲神情，小口小口地吃着，很慢很慢地抿着，双腿悬在半空不时摇晃。

我问他："好吃吗？"

他很认真地点头，问道："是不是很贵？"

"不贵。"

我说："我也想吃一口，再拿一盒吃不完，浪费。"

李迟舒大概觉得有道理，给我舀了一大勺冰激凌后，似乎在犹豫要不要递给我。

我直接拿过那勺冰激凌，把冰激凌倒进了嘴里。

他又小勺小勺挖着，问："你为什么给我系红领巾啊？"

李迟舒给我的冰激凌分量太多，把我冰得半天出不了声。

好一会儿，我才说："系了红领巾，才是小朋友啊。"

李迟舒说："可是我系了也不是啊。"

我：……

李迟舒好像笨笨的，在除了学习以外的事情上都很迟钝。

可他的迟钝似乎不是天生的，是孤独让他敏感的情绪积压得太久太深导致的，等到爆发时我已来不及挽回。

我用肩膀轻轻撞他："再给我吃一勺，我尝个鲜，多了就不想吃了。"

他没说什么，垂下头又挖了一大勺冰激凌给我。

我仰头吃了以后，举目看着对面屋顶上飞得忽高忽低的燕子，等冰激凌在嘴里慢慢融化后，忽然喊了一声："李迟舒？"

"嗯？"

"好吃吗？"

"好吃。"

"那吃一口……就答应我一件事好不好啊？"

"什么事啊？"

我说："没想好。"

顿了顿，又道："咱们性子挺合得来。大学毕业后，你就跟我合租住一段日子吧。"

李迟舒讷讷的："那……住多久呢？"

他小声嘀咕："租一次房起码得住半年吧，我住那么久，可能不太……"

半年？

他竟然觉得半年长？

半年还不够我帮他改掉他那些大大小小的心理毛病呢。

我笑道："你吃了七八口冰激凌，那就七八年吧。"

"哐当"一声，李迟舒手里的钢勺落到了地上。

他愣愣看着我，好像脑子不会转了。

我若无其事地转过头继续看着屋顶上的燕子，提醒道："你可以呼吸的，李迟舒。"

他这才惊醒，深吸一口气，一下子跳到地面，弯腰去捡那把勺子。

"我……我去洗一下。"

说完他就跟只兔子一样蹿进屋里见不着人了。

二十分钟过去，我在外头看着白云来来回回飘荡，最后忍无可忍,打算看看这人到底要磨蹭到什么时候。

没承想我在厨房里没找着人。

厨房的屋子本身有两扇门,一扇向外开,一扇打通了墙,连接着堂屋。

李迟舒估计从连着堂屋的那扇门跑了。

我无奈到极致。

李迟舒,你跑什么啊?

我想也没想就上了二楼,结果在二楼也没找着半个人影。

他真躲起来了?

我正琢磨时,蒋驰的电话打来了。

接通的那一刻我语气不太好:"做什么?"

"问问你情况啊,咋跟吃了炮仗似的。"蒋驰好奇道,"干什么呢?出啥幺蛾子了?"

我急着挂电话:"找人呢,一会儿说。"

"找人?"这小子一听更来劲了,"怎么?李迟舒吃不了苦跑啦?"

"吃不了苦?"我笑出了声,"他是吃不下冰激凌。"

电话一挂,我开始冲楼下喊:"李迟舒!"

我本来以为李迟舒不会回应,没想到这人的回应模模糊糊从楼下传上来:"怎么了?"

我下楼跑到后院去,看见李迟舒从葡萄架那头走出来。

他手里拿着根手指粗的小木棍,木棍另一端系着一根线,线那头吊了个奇奇怪怪的小玩意儿。

"这是什么?"我问,"你之前在这儿,就是玩这个?"

他垂眸凝视着自己手里的东西，缓缓地举起来递给我："这是……我给你做的。"

我接过去端详，又问了一遍："这是什么？"

他盯着地面回道："风筝。"

我微微偏头去看他的眼睛，声音放轻："风筝？"

"嗯。"他微不可察地点点头，"我爸爸……在我小时候教我的。用纸和糨糊就能做的……小风筝。"

李迟舒斟酌了几秒，鼓起勇气接着说："我知道你这段时间对我很照顾。我……我很谢谢你，但是……也不知道怎么回谢你。你好像什么都不缺，可能……缺的，也不在我的能力范围内。所以我……"

他指了指风筝，脸上又露出那样小心带着些试探的笑："我给你做了个风筝。"

见我不说话，李迟舒忙补充："这个简单了点，大一些的风筝要做挺久的，这里的东西不够。你……你如果想要，我回去给你做个大一点的。"

我把那根小木棍往自己怀里揣："不要，我就要这个。这个就很好。"

李迟舒送了口气，小声说："那就好。"

我望着他："没别的话要说了？"

"啊？"他又呆住了，"别的话？"

李迟舒又不太会呼吸了。

我说："刚刚……"

他紧紧注视着我。

李迟舒一定在心里祈祷：不要说！不要说！不要说！

可我偏要说："我们在坝子上坐着，我说——"

"我要去写作业了。"李迟舒突然打断我。

"写作……"我还没反应过来，李迟舒滑鱼似的"哧溜"一下不见了。

他的声音从屋里传出来："再不写就来不及了。"

院子里的风一阵阵拂来，把葡萄架上的藤叶吹得沙沙作响。

"来不及……"我喃喃说着这几个字，最后望着天空气极反笑，"作业在后头追着你跑是吧……"

十月二日，晴

今天做的物理卷子有点难，一放假食堂的饭菜就不好吃，而且稍微去晚一点就没了。

班上来了一个女生，原来洛可也没回家。

她分了我三块小熊饼干，有夹心的，很甜。

她还跟我一起把数学的压轴题解了出来。

谢谢洛可。

十月二日，晴

沈抱山

沈抱山叫我

沈抱山今天请我吃了冰激凌。

他叫我以后

沈抱山可能只是

他今天给我做了个饭，好像叫黑松露什么

可是他

他一口吃了那么多冰激凌，顶我三四口的量，就算是真的，唉，再说吧。

他

晚上我在楼下洗漱完，怕吵到李迟舒，特意放轻步子上楼，可进房间的时候还是被他听到了。李迟舒不像在做作业，发觉我进来以后做的第一件事，就是手忙脚乱地把什么东西合起来塞进书包。

"在写什么？"我一边擦着才洗完的头发一边问他。

"没有。"他盖上笔盖后，又掏出一本练习册放在桌上，随后转过来，"你洗完了？"

我点头，坐到他的床尾："你把吹风机放在哪儿了？"

李迟舒说："就在柜子里，你最开始放的那儿。"

我闭上眼："好累哦，你去帮我拿一下嘛。"

"好。"

我听着老旧的木柜响起"嘎吱"声，李迟舒拿了吹风机走到我面前。

我接过吹风机，举着胳膊吹了一会儿，然后我发现在吹风机发出的呼呼声里，李迟舒没法静下心来做作业，他拿着笔发愣，静静等着我吹完。

我轻轻叫他："欸，李迟舒。"

他回头，神色茫然："怎么了？"

我把吹风机递给他:"帮我吹一下头呗。"

这个人,有时候就是太注重分寸。

因为小心翼翼,万事分寸第一,久而久之,就把自己关在仅限他一人的圈子里了。

我吐槽道:"李迟舒,真不够朋友。"

他有些较真,当即睁大眼:"我怎么不够朋友了?"

我笑着看他:"叫你大学毕业以后跟我合租你不干,现在让你帮忙吹个头发你也不愿意,你说说,你哪里够朋友了?"

李迟舒很快哑火。

大概过了三秒,他才走过来。

我故意问他:"你过来干什么?"

李迟舒语气低沉:"吹头发。"

我忍着没笑出声。

算了,再欺负他,就显得我过分了。

李迟舒就这样站着给我吹头发。

"温度合适吗?"他的声音穿过风声落下来,"要不要我把温度降低一档?"

"就这样。"

十七岁的李迟舒比起梦中年长后还是瘦弱了些,睡衣在他身上松松垮垮的。

过了一会儿,我说:"李迟舒,很烫。"

李迟舒突然反应过来,一下子把吹风机拿开,捂着我后脑勺上被他吹了很久的那块地方,边揉边道歉:"对不起,对不起……"

"明天想吃什么？"我问他。

"明天？"李迟舒的思路真的很容易被我带跑，只要抛出一个问题，他就能忘记当前的事情。

"明天……"他在很认真地思考道，"明天我来做饭吧。"

"你来？"

"嗯。"他说，"你做了那么多次，也该我了。"

我不置可否："你想做什么？"

谈到这个他又局促起来："我……我会的不多。炒土豆丝，炒一碗肉……还会煮面。"

我静静听着，了解了原来李迟舒在一个人独居的日子里就是这么对付自己的。

穷人的孩子早当家没错，但他并不会做太多餐食。

"好啊。"我说，"那我要吃你煮的面、炒土豆丝和炒肉。"

第二天清晨李迟舒的手机闹铃准时响起，我其实也听到了，但依旧躺在床上没有睁眼。

李迟舒慢慢走过来，似乎是想叫醒我，问我要不要吃早饭，可见我好似睡得很熟，所以踟蹰在床边不敢动。

又过了不知多久，李迟舒伸出手指戳了戳我的被子。

我在被子底下掐住自己的大腿，防止忍不住笑出来被李迟舒发现。

见我没反应，他又加重了力度。

我被他戳得身体一痒，没忍住，动了动眼珠子。

他大概还是不想吵醒我，立马收回了手，随后下了楼。

李迟舒煮的面味道很好，调料很简单，面条煮得很软，说到这个他笑着给我解释："因为外婆偶尔回来，我会给她煮面。老人家需要吃软一点的东西，我就习惯煮软些。"

　　吃完面，我让他上楼做作业，李迟舒一步三回头："你要去挖土豆吗？"

　　我说是，他又跑过来："我跟你一起去。"

　　我说："作业不做了？"

　　他说："昨天提前把今天的做了一点，没那么多了。"

　　一般李迟舒说"一点"，意思就是差不多做完了。

　　在学习这方面，李迟舒的严谨程度毋庸置疑，我也没有拒绝，带着他去了。

　　这天天气很好，没什么太阳，但并不阴沉，一路和风，我还在李迟舒兜里放了两包小零食。

　　土豆挖到一半时，来了个不速之客。

　　当时我正把新挖出的两个小土豆放到不远处的编织袋子里，放好后一转身，发现李迟舒已经跟不知道从哪里钻出来的小黄狗玩上了，还用我给他的小零食喂狗。

　　这小黄狗一看就潜伏了挺长时间，瞅着我离开了才跳出来来到李迟舒身边。

　　光从它的眼神我就能看出这是个鬼灵精。

　　这只小黄狗一跟我对上眼，就夹着个嗓门叫唤，一个劲儿往李迟舒身上蹭。

　　李迟舒正摸着它的脑袋，就被我一把拽了起来："脏成这样也摸,当心身上有跳蚤。"

他抿嘴笑笑,把小零食倒在地上,等小黄狗一口一口吃掉。

我问他要不要把狗带回去。

"带回去?"他愣愣地望着我,又四处看了看,最后摇头,"算了吧,这么乖应该不是野狗,说不定是周围哪家人养的。"

"脏成这样还不野?"

李迟舒还是笑着说:"算了。"

结果回去以后我在厨房烧水的当儿,李迟舒又扒在门外探头探脑。

我正要问他想说什么,他脚边的门槛上方就冒出两只狗耳朵。

……

晚饭我多做了点,除了给人吃,还要给狗吃。

我看李迟舒一碗饭没扒拉两口,光顾着逗狗了,便把目光移到脚边这只黄狗身上。

狗丑是不丑,就是身上泥巴多了些,好在听话,转着圈儿地和李迟舒玩。

李迟舒的手一挨到它头顶,它就自己蹭上来,也不乱叫,好像知道面前的两个人谁脾气更好。

我再一次问李迟舒:"要不要带回家养?"

他正低头跟狗玩,听见这话愣了片刻,接着跟我确认:"带回家?"

"带回家。"我说。

他略微思索道:"算了吧,我一般都住校,带回去也——"

"带回我家。"我打断他,"我家有阿姨,我也天天走读,你想它了就来我家看它。"

"可是那样会不会挺麻烦……"

"我还养不起一条狗啊?"我把盘子里的一块肉挑出来抛进临时找的狗盘里,"多养一个人都没问题。"

李迟舒眼巴巴跟我确认:"真的可以吗?"

我放下筷子,认真地告诉他:"可以。"

李迟舒在任何自己所渴望的事情上需要的不是随口的承诺,也不是开玩笑一般的几句应答。

他对整个世界都有强烈的不信任感,这使他要听到坚定且肯定的回复后,才愿意去相信自己所期待的事情会有一个结果。

这样的不信任感来源于他七岁以前父母说好会回家却总是失约的寒暑假,或是那笔迟迟拨不下来的抚恤金,再或者是十八岁的夏天辛辛苦苦在烈日下打工半个月后被老板以各种理由克扣掉大部分的工资,更多的是源于对无数同龄人而言习以为常而他却十几年从未拥有过的东西。比如成长路上的赞赏、鼓励、可以后退的勇气,还有来自骨肉至亲的无条件关爱。

所以在李迟舒问出任何一个问句时,沈抱山会记得放下手中进行的一切,用不容置疑的语气告诉他:沈抱山会记得并履行承诺。

我说:"看到这条狗的第一眼,我就知道它一定要跟我回家。"

李迟舒问:"为什么?"

"因为你喜欢啊。"我重新拿起筷子,时不时地夹菜,压着嗓音用很夸张的语气告诉他,"你满眼都写着'沈抱山我好喜欢它啊,快让我带它回去吧,我求求你啦沈抱山¹!"

李迟舒笑得眼都弯了:"我哪有这样!"

"你没有,你没有。"我瞥了一眼这只小狗,确认自己跟它目前还处在互相看不顺眼的阶段,"是我太喜欢它行了吧——别玩了,好好吃饭。"

其实梦中二十七岁的李迟舒曾经也想养一只小狗。

有段时间他跟我提了两次:"我有点想养只狗。"

生病以后他对很多事都是一时兴起,等我正经问他时他就会突然反悔。可养狗这件事李迟舒提了两次,这引起了我的注意。

所以当时我就停下手里的工作问他:"想养什么?我托人去挑。"

"嗯……"

他盖着毯子坐在沙发上,手里端着一杯几乎没喝的咖啡,客厅里黑漆漆的,只有对面电脑屏幕幽暗的光投在他脸上——他不喜欢开灯,生病之后更是不喜欢。

他说:"柴犬吧,柯基也可以,萨摩耶也行……但是好像有点笨。不过如果有流浪狗可以领养,先选流浪狗。"

后来我带他去了专门收养流浪狗的狗舍,他走到门前,又临时退缩了:"算了。"

"怎么算了?"我问他。

"我……不想养了,感觉养一个小动物很麻烦。"他改口,嘴角勾起带着歉意的笑容。

后来在李迟舒离开的那些日子里我才想明白,他从那时起就知道自己的结局。

他选择不养小狗,是因为不想再多添一条和自己有联系的生命,毕竟告别这件事是很耗费精力的。

告别一个沈抱山已经让他足够不舍和头痛了,不会说话的小狗悲伤起来更让他无比难过。

又或者李迟舒那时是想自救的,通过养一只小狗自救——他可能想过,家里有一个牵挂的话,说不定自己会愿意停留在这世间更久一点。

可他连在乎的人都舍得扔下,哪儿还会为别的什么停留?

大概在进那家狗舍前他也想通了这个道理,所以没有给里面任何一只小狗机会。

而我现在呢?

我在病急乱投医。

这个世界能让李迟舒牵挂的每一样事物,我都不想放过。狗也好,食物也罢,哪怕是一件舒服柔软的睡衣或是一碗饺子,越多东西让他对这个世间多一丝挂念,那等他想离开的那天,我把他拽回来的力量就会更强大一点。

10月3日,晴

今天去食堂晚了,唯一的一个菜也没了。

我去超市买了一包方便面,最便宜也要一块五毛钱。

如果我早点去食堂,就只用花八毛钱了。

10月3日，晴

今天我给沈抱山煮了面，还炒了土豆和肉丝，他说很好吃。

我还捡到一只小狗，沈抱山说他带回去养，不知道是不是真的，但是他让我给小狗取了名字，说我是它的主人。

我竟然也有一只小狗了。

我给它取名叫"土豆"，因为是挖土豆的时候遇到的，沈抱山好像很满意这个名字，不知道"土豆"喜不喜欢它的新名字。

沈抱山还说，他会带回去给它打疫苗，找人给它剪造型，会给它买专门的狗粮，不知道他回去会不会忘记。

不过真的有会给狗剪造型的人吗？

这种事情会花多少钱？

也不知道沈抱山会不会跟我说实话，每次问他价格他都不太像说实话的样子。

他似乎觉得自己撒起谎来不明显。

第五章

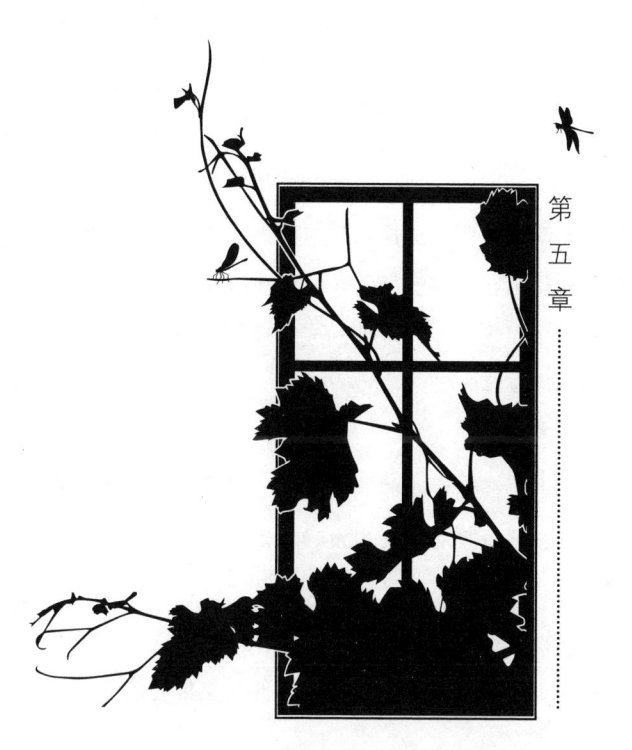

四季风筝
siji fengzheng

沈抱山愿意变成
春夏秋冬一年四季。

四季风筝

后面两天我和李迟舒偶尔交换做饭,因为多了只小狗,他开始愿意把一部分时间分出来陪土豆——即便他本身对学习的状态就是过度紧张的,少了这些时间对他的成绩也不会有什么影响,但这毕竟是连我都没有得到过多少的待遇。

衣不如新,人不如狗。

尽管如此,李迟舒在临近收假的两天里还是表现出了难以掩盖的失落。我在夜里抓耳挠腮半宿也没参悟出缘由,唯一想到的可能是他不太想离开这个地方。

我有一种很敏锐的直觉,又或者这直觉来自我这些年对他本性的了解,我想李迟舒打心眼里认为,我和他的交集会随着小长假的收尾而彻底结束。

在他看来,我这些天对他的关心不过是出于拜托他陪我下乡居住做出的补偿而已。

他不相信与他有着天壤之别的沈抱山会对他格外关心。

六号傍晚,李迟舒又坐在那堵矮墙上,土地和草木的气息混在晚风里,把他过分宽大的T恤吹得像面旗帜。

他一言不发地望着屋顶的绯色晚霞发呆。兴许是在思考一勺冰激凌怎么能舀那么多,思考沈抱山的头发为何如此粗糙黑硬,又兴许在困惑今早偷偷戳我时我到底有没有醒。

我让李迟舒本就没怎么得到过休息的大脑更忙碌了。

我喂完"土豆"从后院走出来,习惯性地把一只手插在裤兜里,倚靠着陈旧的木门冲他喊:"李迟舒。"

他迟钝而茫然地把目光下移,穿过坝子投到我脸上:"嗯?"

我问他:"要不要去放风筝?"

"放风筝?"他朝左右两边搜寻一圈,"哪儿有风筝?"

"你不是给我做了一个?"

他面上再次浮起局促和不安,慢慢给我认真地解释:"那个……只能拿在手里玩,不好放的。"

我一步一步走向他:"那就去找好放的。"

李迟舒坐上摩托车后座时还没反应过来:"我们要去哪儿?"

我让他戴好头盔:"去镇上,买风筝。"

"买风筝?"我一坐上摩托李迟舒就紧紧抓住我两侧的衣服,"现在是十月份,有风筝吗?"

我启动摩托:"十月份就不能有风筝?"

他的声音夹杂在引擎声里:"我以为风筝都是在春天放的。"

我想到了什么,在摩托车移动的一瞬间问他:"跟你爸爸一起?"

他点头,小声说:"还有妈妈。"

也难怪。

李迟舒的父母在他小时候常年不在家,一年到头,只有除夕过后的那一小段开春的时光能在家陪他,于是他的记忆里,连风筝也是有"花期"的。

我偏头冲他笑了笑:"那你就把我当成春天好咯。"

算我们运气好,附近的镇子是个开发中的古镇,平时来的游客也不少,越临近夜晚越热闹。

我找了个看起来像本地人开的小卖部,老板一听要风筝,转身钻到二楼库房,真从去年没卖完的积货里搜罗到一堆风筝。

古镇边缘有一个很宽阔的小广场,旁边连着跑道和草坪,中间的围栏里还有一个升旗台,据说是古镇开发以前的小学遗留下来的。

这会儿斜阳满坡,游客三三两两地坐着。因为李迟舒手里的风筝很大,彩带飘飘,又是饱和度极高的颜色,所以我越把他往草坪那边带,就越多人朝我们看过来。

他显而易见地变得不太自在,如果不是被我推着,感觉他都能往后退着走:"要不我们换个地方……"

"怕什么?"我说,"我不是跟你在一起吗?"

最后李迟舒站在草坪边缘,攥着风筝和线轴手足无措地望着我。

"不会放?"我问。

他低着头抓了抓风筝尾部的彩带,没好意思抬头跟我对视:"十几年没放了,不太会。"

"我也不太会。"

我把他手中的风筝拿过来,把线轴留给他:"听说风筝要逆着风放,咱们一起试试。"

因为我"也不太会",李迟舒看起来放松了点,在我高举着风筝往前跑时,他聚精会神地等着我一声令下,准备放线。

我感觉到风来了,而自己也举着风筝跑了挺久了,只要李迟舒往反方向放线,飞起来问题不大。

"李迟舒!"我回头喊他,"跑!"

他很听话地转着线轴往我的反方向跑出去。

我瞅准时机放了手,风筝在半空摇摇晃晃,乘着刚来的一阵风,往更高处飘了。

李迟舒已经跑出很远,时不时回头仰天看,见风筝彻底飞了起来,才放慢步子等我过去。

"笑什么?"我走到他身边问。

李迟舒都快不晓得怎么低头了,高兴得眼都弯了:"原来现在真的可以放风筝。"

"现在不可以。"我把他的线轴拿过来替他放线,装作正儿八经地反驳。

李迟舒蒙了:"啊?"

"春天才可以。"我说,"我是春天。"

他愣了愣。

我对自己这个恰到好处的比喻感到满意。

"想做的事不用分季节的,李迟舒。"我抬头看着已经飞远到变成一个小黑点的风筝,又接着说,"如果非要找一个理由,那就把自己当成理由。我是春天,你也可以是。你还可以是夏天、秋天、冬天。你可以是自己的一年四季。"

我没有看向李迟舒,因为他此刻还怔怔地看着我。

过了一会儿,他别开脸,自言自语似的问我:"如果这样,那我是我自己就可以了？"

"是啊，"我说，"你可以变成春夏秋冬一年四季，只要你是你自己就可以。"

李迟舒低头笑了笑："谢谢你啊，沈抱山。"

我装没听见，转而问他："想不想喝水？"

李迟舒说："好。"

他接过线轴，在原地等我买水。

我在转身的那一刹那终于忍不住笑了一下。

我们放完风筝准备回家时已是晚上八九点，摩托开到山路一半的地方就被迫停滞不前。

下午还没出现的道路阻断带在黑咕隆咚的夜晚冒了出来，我拿手机照着看了看，前头那一段路在短短几个小时内被挖成了烂泥路。

没办法，我们只有走小路回去。

这几天天晴，乡里的羊肠小道不难走，难走的是小路前那一段田埂：只一条泥道，最多只有一台十六寸的电脑屏幕那么宽，左右两边都是水田，稍不注意一脚下去就会踩得满腿污泥。

李迟舒抓着风筝不敢迈步："这可怎么走啊？"

"走嘛。"

我在他身后用手机打光："反正不管怎么走，沈抱山都在你后头。别怕，李迟舒，往前走。"

他再不想走也得走。

就算到了这个地步，李迟舒也不愿意丢下风筝，只好伸展开两条胳膊，走平衡木似的小心翼翼走着。

我踩得比李迟舒稳当，因此在他失足的前一刻手疾眼快地伸出小臂捞住了他。

李迟舒呼吸急促，神情慌乱，在虫鸣声此起彼伏的田野间，我只能听见他的急喘。

"怕？"我问道。

他犹豫了几秒才说实话："有点。我……平衡力不是很好。"

怪不得他在梦中死活不跟我走铁索桥。

我一脚踩进他右边的水田，脚腕很快淹没在黏糊的湿泥中。这样我能和李迟舒并进，也能伸手扶着他。

李迟舒欲言又止："你……鞋……"

"蒋驰的，没事儿。"我带着他往前走，"快点回家。"

鞋可以再买，人经不起摔。

三千块钱的新款鞋不算什么，李迟舒是无价的。

10月6日，晴

终于要开学了，明天下午，食堂的菜可以多几个了。

10月6日，晴

明天我就要回去了。

我第一次那么不想开学。

但是我今天过得很好，像在春天一样。

沈抱山连告别都能做到让人开心。

我和他一起放了风筝，回来的路被封了，他下田陪我走的，现在在楼下刷鞋子。

我说我给他刷,他让我上楼待着。

放完风筝我还吃到了甜筒。

甜筒下面的脆脆的脆皮很好吃。

我喜欢春天。

我花了整整半个小时才刷干净鞋。

夜风把我洗完澡后的一头湿发吹得十分干爽,只有发尾还剩一点水汽。

房间里,李迟舒早已收拾好了自己所有的作业与文具,为第二天的离开做准备。

我上楼时他正背对着房门吹头发,灰色的纯棉睡衣洇上几滴水珠,贴在他的背部。

吹风机的呼呼声盖过了我的脚步声,以至于他拔下插头转身后才突然发现我已坐到他腿边的床沿,正安安静静看着他。

李迟舒似乎跟人交流都要提前打好腹稿,所以面对这种突如其来的情况总显得手足无措。

他举着吹风机朝我这边要递不递的:"你……吹吗?"

我摇头,接过吹风机倾身放到床头柜上。

在田埂上李迟舒险些跌落,脚上受了点伤。

我看着那处瘀青问:"脚疼不疼?"

李迟舒赶紧说:"其实还好。"

"怎么会还好呢?"

我从行李箱里翻出备用的跌打药喷雾,蹲在他面前往他伤口上喷:"忍着点啊。"

李迟舒大概不明白我为什么要叫他忍着,毕竟喷雾喷上去只有冰凉的感觉:"我不痛——"

话音未落,我捏着酒精棉球抵在瘀青上揉了揉。

李迟舒当即"嘶"了一声。

我抬头笑着问:"痛不痛?"

李迟舒抿抿唇,瞅了我一眼,倔强地说:"不痛。"

"好好好,不痛不痛。"我早已习惯他比骨头硬的嘴,只能叹了口气,"李迟舒啊,对自己多上点心。"

他似懂非懂,老老实实站着,低头看着自己的伤:"哦。"

第二天蒋驰来接人那会儿,见着我那双才刷完还没干的新鞋直接开涮:"哟,玩两天把鞋都玩报废啦。"

李迟舒正弯腰上车,听着这话用很奇怪的眼神望了蒋驰一眼。

我拍拍蒋驰的肩:"你的鞋,你乐成这样?"

蒋驰疑惑道:"啊?"

我把车门一关:"啊什么啊,再磨蹭赶不上晚自习了。"

李迟舒来时就带了一个书包,回去还是一个书包。

我跟蒋驰还有满后备箱的东西要处理,只能先开车把李迟舒送到学校,然后再回一趟家放行李。

离学校越近,我抱着"土豆"越不想吭声。

快到校门口时李迟舒看出我不对劲,试探着问:"你怎么了?"

我横眼瞧他:"真看不出来我怎么了?"

李迟舒摇头。

我叹了口气，闭着眼把脸转向窗外。

过了一会儿，我才捏着"土豆"的两只前爪，低头对"土豆"说："'土豆'啊'土豆'，有人要走啦，就剩你一个在这儿咯。"

李迟舒："咦？"

我又低下头，把嘴凑到"土豆"耳边，用李迟舒听得到的音量挡着嘴说："李迟舒不要你咯。"

前头的蒋驰脑袋一扭："你得了吧，少说两句噎不死人。"

李迟舒下车前跟我和蒋驰道了谢，我用手撑着车门，问他明天早饭想吃什么。

他不出意料地说："我吃食堂就行。"

我说："那就三明治。培根换成火腿肉和肉松怎么样？"

"不用……"

"拜拜。"我关上车门，摁下车窗叮嘱他，"过马路注意看车。"

李迟舒只好顺着我的话回道："嗯，拜拜。"

他转过身走了两步，过马路前又回过头，发现我还在透过车窗看他。

李迟舒抿了抿嘴，左手拿着我给他买的那个风筝，右手向后揪着书包角，像是下了好大决心："沈抱山。"

"嗯？"

"明天见。"

我强迫自己没笑得太开心，只把"土豆"抱起来，抓着它的一只前爪朝李迟舒挥手："李迟舒，明天见。"

"嗯。"

他想了想,又开始结巴道:"你……你注意安全。"

等李迟舒走远,蒋驰开始在车里摇头晃脑怪声怪气道:"明天见——"

我一膝盖顶上驾驶座:"好好说话!"

回校那天我跟蒋驰眼看着时间来不及了,干脆跟班主任请了个假,把东西放回家里以后顺便去兽医站给"土豆"检查身体、打打疫苗,结果发现那兽医站旁边有家花店。

眼下是十月份,我估摸着这时节也不会有栀子花,就没往店里仔细看,随便瞟了两眼。

哪里晓得一瞟,瞟到一个人站在外头,正在专心打理一盆白花。

我再定睛一看,那白花是栀子花没错。

抱着不能放过任何可能性的念头,我跑上去问人家,人家说这就是栀子花,说是自个儿在网上看了个什么偏方,往土里滴点油,加点鸡蛋壳,栀子花在秋天也能长。

人家滴了俩月才养出这么一盆。我软磨硬泡半天,等到蒋驰都抱着"土豆"洗完澡从店里出来了,店主才勉强接受我的出价,答应把这盆花卖给我。

第二天一大早,我费尽心思学着把这花包好——我昨儿勤勤恳恳把这花浇好水,大清早天不亮就起来看,生怕这几朵花在李迟舒看到以前就蔫了。

早上路又堵,我把家里阿姨打包好的两份早饭放进斜挎包里,特地换了轻便的帆布鞋后,就骑着花园里几百年没用过的自行车往学校赶。

七点左右,路上车水马龙,我心里急得打鼓,想着能让李迟舒早高兴一分钟是一分钟,干脆把车停路边上,手里捧着花,趁堵车那会儿穿过车流往校门口跑。

等一步两个台阶爬上教学楼后,我又一步不歇穿过走廊,正碰上李迟舒从另一侧楼道往上走。

我刹住脚,随后一本正经走进李迟舒的视线中,准备和他还有一步之遥时把花束递到他的面前,给他看盛开的栀子花。

李迟舒显然一眼看见了我。

就在我准备把花递出去的那一刻,他垂下目光跟我擦肩而过。

我脸上半扬的笑几乎凝固住。

"李——迟——舒。"

李迟舒先是定住,随后抱着书慢吞吞转过身来,都不敢抬起头来跟我对视:"有事吗?"

我压着脾气,朝他走去。

"你见了我连招呼都不打,"我不忘把花藏在身后,躬下身,直直盯着他的眼睛,"是不是不太礼貌?"

李迟舒仍低着头:"我以为,你不想的。"

"我不想什么?"我问。

"不想……"他偷偷瞄了我一眼,"不想跟我打招呼。"

"我不想?"我眉梢一挑,气极反笑,"是,我不想跟你打招呼。"

我将一只手插进兜里,冷下脸看他:"我想跟你打地鼠。"

这次我说得字字清晰,李迟舒终于仰头:"你——"

我没接话,把花从身后拿出来一把塞进他手里:"拿去。"

说完我转头就走了。

走了没几步,我又倒回去,把斜挎包里的饭盒放到他捧着的书上,一个字也不说,留下李迟舒呆愣着望着我。

我决定至少不理他三节课,要让李迟舒意识到我生气了。

这个方法立竿见影,第三节大课间跑完操,蒋驰跟我并肩走着,悄悄拿胳膊肘撞我:"李迟舒在后头。"

我装作不经意但其实很刻意地扭头扫了一眼,李迟舒一个人孤零零地跟在我们班最后不远处,始终和我保持着一段不近不远的距离。

一见我转过来,他就迎上来,像有话要说。

蒋驰看热闹不嫌事大:"吵架啦?"

我单手把他往前推:"没你事儿。你先回去。"

走到教学楼底层大入口——人潮最拥挤的地方,我往拐角处一钻,李迟舒才跨进来,正仰着脖子到处找人,就被我一把拉到旁边。

后头的人一波一波涌进来,我在嘈杂声中问他:"为什么?"

他一面躲着身后要踩他脚后跟的人,一面问:"什么为什么?"

我伸出胳膊挡住挤过来的人群:"为什么觉得我不想理你?"

他在黑漆漆的阴影里沉默了一会儿,说:"你昨天说……"

我一下子明白了。

"我太忙了。"

我忙着照顾"土豆",买花,回到家时已经十二点半,那时候按理来说寝室应该熄灯了,正在查寝,我怕影响他,就没打电话过去。

"你去我班上找我了?"我问。

他垂下眼睫,沉默很久后点了点头。

"李迟舒。"我叫他,"抬起头。"

他慢慢往上看。

"人的嘴,除了吃饭喝水,还能用来做什么?"

他不吭声。

我说:"还能用来打电话,问沈抱山'你在哪儿,为什么没来'。"

10月7日,阴

沈抱山今天晚上穿了一件黑色的风衣,显得他很高很瘦。他课间一直站在阳台上,很多人看他。

10月7日,阴

沈抱山说今晚见,但是今晚他没有来。

我去他班上找他,他的同学也说他没有来。

不知道"土豆"在他家怎么样。

可能是我前几天多想了。

首先,沈抱山不会想和别人合租。

他的家庭条件已经够好了，可以独住。

其次，好像不能用其次，但是，但是他那天对我的伤口……

李迟舒盯了我好久，用那种总是迟钝但又带着些许敏锐的眼神，那种对谁都带着敬而远之的总害怕触及别人雷区的小孩即将道歉的复杂神情。

李迟舒说他年少时总是在各种大小事上迁就别人：在接水时顺便帮同桌去更远的办公室交作业，在路过讲台的那一刻被同学要求帮忙擦黑板，在打零工的假期里替迟到早退的同伴揽下本不属于他的工作。

在李迟舒的少年时代，他从未享受过足够的物质条件，也从未感受过毫无条件的善意，因此也生不出半点得罪旁人的底气。

终于，他动了动嘴，准备道歉："对——"

我抢先他一步："问我。"

他愣了愣，说："问你什么？"

"问我为什么没来。"

他似乎觉得不必如此，但在我摆明了不许他沉默的架势下还是听话照做，只又把头低下去，声音小得快听不见："你为什么没来？"

"我去给你买栀子花了。"身后汹涌的人潮散了少许，我并未意识到现在的李迟舒并非是梦中二十七岁的李迟舒。

我稍微站直了些："你最喜欢的栀子花。"

李迟舒不明所以："我……最喜欢？"

我们两个人的目光都在对方脸上扫视，并且我从他的话里嗅出一股不妙的预感。

李迟舒不喜欢栀子花。

不,是现实中的李迟舒,目前还没有开始喜欢栀子花。

在梦中他从未告诉过我,他喜欢这东西是出于什么原因,我以为他自小就有这样的偏好。

现在回想,从小在温饱线沉浮的李迟舒,哪有工夫去研究花花草草?

我说:"你不喜欢?"

李迟舒不置可否,我看得出他又在心里斟酌,看是撒个谎顺着我的心意说喜欢还是实话实说。

过了两秒,他摸摸衣角,说了实话:"我对花没什么研究。"接着他又赶紧补充安慰,"但是花很好看、很香。谢谢你。"

"我昨天答应了你,可我没来,也没告诉你,你是可以责怪我的,也可以生气的,明白吗?你问了我,我就会跟你解释,跟你道歉,我不会不理你的。明白吗?"

他看着我,但并不接话。

我又问:"昨天你去我班上找我,起码纠结了两节课吧?"

他这样的人,光是鼓起勇气去转角的班上问一声"沈抱山在不在",都需要给自己编造好一百个当别人询问时他能给出去的理由。

李迟舒抿了抿嘴,或许在心里飞快思考眼前这个人为什么会如此了解他。

"没找到我是不是挺失望的?"我继续说道,"是不是觉得我故意爽约,然后你就胡思乱想一晚上,决定从第二天起与我主动拉开距离?李迟舒,这明明是一个电话就能解决的事。"

他又想说对不起。

我绝对不给他道歉的机会:"有事就是有事,它不叫'还好';不开心就是不开心,不用为此道歉。你见沈抱山不需要任何理由,也不用挑时间。就算是沈抱山送的东西,你也能直接说不喜欢。明白吗?"

跟李迟舒相处需要小心再小心,跟十七岁的李迟舒相处尤甚。他的试探是蜗牛伸出的触角,行动力仅限在自己的感知范围内。一切的阻挠与碰壁都会让他不动声色地缩回壳里。

李迟舒其实从来都是一个不卑不亢的人,我想是因为他仰视的沈抱山曾经太不把全世界放在眼里,一举一动都在提醒着他们两个人之间有着无法跨越的鸿沟,让他本就艰苦的青春蒙上一层再不想承认也难以掩盖的灰暗。

太阳之下尘埃才更显眼,因此在面对我时,李迟舒所有的卑微都无所遁形。

他又在揪自己校裤的边线:"我……不太会……"

"不会就学啊。我帮你呢。"

李迟舒束手束脚,是个太守规矩的好孩子。

但太守规矩的人是不自由的。

守规矩意味着懂事,懂事意味着对世界迁就,对世界迁就意味着放弃自我。

我在学着做一个合格的挚友,做这件事的第一步,是让十七岁的李迟舒学会做一个"不守规矩"的小孩。

作为误会我的补偿,李迟舒今天中午要请我到一楼食堂吃饭。

我的午餐包括用李迟舒的饭卡刷的一份白米饭、一碗免费的白菜汤，还有家里阿姨给我准备的干煸兔丝、松茸山鸡和煎牛肋。

我看得多吃得少，大部分菜当然被我以各种无法拒绝的理由塞进了李迟舒的嘴里。

最后等我拿出专门叫人炖的决明子燕窝汤时，李迟舒死活都不肯多喝一口："沈抱山，我真的吃不下了。"

好吧，反正李迟舒也不喜欢吃决明子和燕窝。

在梦中，我每次从我妈那儿拿这些东西回去请他吃，他都装听不见。

回教学楼的十几分钟我们一路无话。

看李迟舒那样就知道他打了满肚子腹稿。

上到最后一层楼时他终于发话了："沈抱山？"

我恭候多时："说。"

"那个……"

李迟舒挠挠脖子，还是选了个十分委婉的方式问出他想问的话："你最近是不是有什么事要我帮忙？"

藏不住了是吧，李迟舒？

事到如今，他还觉得我是无事不登三宝殿。

我状若无事地问："你怎么这么想？"

他一字一句都在反复掂量："就是……你最近，对我……但是我……我其实没有什么能让你……"

"李迟舒，"我停在楼梯上对他说，"我告诉你，我希望你能一直得到关心，我希望你好好活着。你以为这些，是白做的？

我一样一样记着,你都要还回来的。蒋驰都知道篮球输了要交饭卡,你以后拿什么还我?"

"还……还回来?"李迟舒脑子又转不动了,"以后?"

我给他打比方:"你拿了我送的礼物,十年后也要找机会还给我。这个小长假我陪你放了风筝,老了咱们就组团去看极光。上个月你喝了我做的第一杯咖啡,等我们合租后,就该你请客做一顿乔迁宴。"

李迟舒不确定地问:"真的?"

我目光沉沉地看着他:"你周末要不要看'土豆'?"

他跟在我后面,一直没回神,也不搭腔。

我又停下来,回头睨视着他。

李迟舒这才反应过来,试探着问我:"去你家看'土豆'吗?"

当然不是去我家。

以李迟舒的性子,至少目前来说,他是绝对不愿意去我家的。

我甚至能断定,除我本人之外,他不愿意接触我的任何生活圈。

李迟舒不喜欢仰视,更不喜欢被俯视着探究的感觉。而要他融入我的生活圈,或者说去到任何一个陌生的圈子,被人探究是必然的,至于被俯视——带着善意俯视别人的人常常是不自知的。这才最让李迟舒感到不适。而我无法精准控制身边所有人的一言一行。

唯有等李迟舒内心强大起来的那一天,那时无论身处何种境地,他都能勇敢坦然地面对。

那一天我会陪他奔赴,但不是现在。

所以至少目前,让李迟舒进入我的生活圈,并非最好的时机。

"不去。"我说,"我偷偷抱来学校给你看。你要不要看?"

李迟舒嘴上问着"可以吗",却下意识地使劲点头。

"当然可以。"我说,"我有答应过你但没做到的事吗?"

李迟舒刚要张嘴,我立马说:"除了昨天晚上。"

李迟舒闭嘴了。

10月8日,阴

好像开始降温了,不太希望降温,我没什么衣服加。

10月8日,阴

原来沈抱山昨天不是故意的,是我误会了。

但是他好像生气了。

他今天跟我说了一些话,我有些听懂了,但有些不太懂,以前从没有人跟我说过这样的话。

不过我真的可以随时找他吗,他会不会只是随口一说?

今天沈抱山从家里带来的饭菜很好吃,他讲的菜名我都没怎么记住,有一个兔肉和一个牛肉,其他的记不清了。

那个汤我没喝,现在想想好可惜。

不过他要我以后把他给我的这些都还给他,连老年活动都计划好了。

以他的条件,到那时他应该会待在我连名字都没听说过的地方才对。

极光是什么样,在哪里能看到?

沈抱山说周末带"土豆"来给我看,我好想这周快点过去。

沈抱山给我带了一束花,是栀子花,很香很香。

他说是我喜欢的花。

我对栀子花没什么印象,但感觉挺好的。

第六章

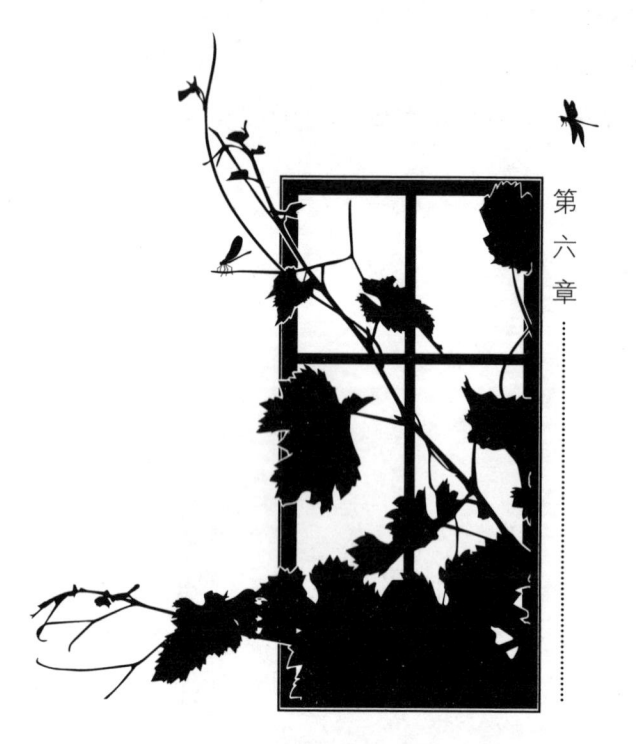

手剥桂圆
shoubo guiyuan

可是沈抱山,
人这一生,
不该越过越好吗?

手剥桂圆

小长假回来以后连着上了七天的课，一直上到下一个周末。

学校对毕业年级的安排是周六考一天周考，周日上自习，对于禾一的学生来说周六晚上是唯一可以自由安排的时间。

我在进校门前把"土豆"放进怀里，把帽衫外套拉链一拉，趁保安不注意飞快地刷了卡溜进学校。

我一路走到李迟舒班门口，发现李迟舒正埋头坐在座位上，书本堆遮住了他，快叫我看不见他的头顶。

我放轻步子走进去，走到李迟舒前面一排的座位时，他还没发现我，正专心做着什么。

我侧了侧头，这才瞧见他桌上被清理出了一块没有堆书的地方，那儿放着两个学校水果店的一次性盒子。一盒里面是没剥的桂圆，只剩几颗，剥好的则全放在了另一个盒子里。

李迟舒戴着一次性手套，动作细致而认真，神情与他思索数学题时没什么两样，他从来是一个对待任何事情都十分用心的人。

桂圆壳堆在餐巾纸上，没见着核，看样子李迟舒是一口都没吃过。

我记得在梦中李迟舒曾经告诉过我，在他读书时，每周末学生补助发下来后，他都会奖励自己去学校水果店买一盒五块钱以内的水果，在吃完饭以后拿到教室慢慢吃，那是他每个月最开心的时候。

我问他都买些什么水果，他笑着说五块钱能买什么，大多数时候是几个小苹果，因为这样能吃几顿，实在嘴馋了会买一块切好的最小的西瓜吃。

选西瓜的时刻他最紧张，总怕一不小心选太大了，超出自己的预算范围。

"但是西瓜真的很甜。"他说，"我觉得那是我读书时吃过的最甜的东西。"

其实有补助，加上学校给的减免政策，李迟舒可以不用过得这么拮据。

但他就是害怕。

他怕外婆突然有事无法应急，怕遇到必须花钱的事情，怕自己在特殊情况下连兜底的钱都拿不出来。

即便真遇到了情况，他那点压箱底的钱也是根本不够用的。

可省下那一点钱对李迟舒而言已经是唯一手段了，毕竟他人生拼命挣扎的前二十几年，找不到一个可以依靠的人。

到底是我太迟了一些。

我记得学校的桂圆最便宜的也要十二块钱，我觉得买这些桂圆应该是李迟舒目前为止做过的最奢侈的事情了。

他在梦中怎么没告诉过我，自己曾在高三的某一个周末花大价钱买过一盒桂圆？

"土豆"从我的领口探出一双眼睛,见着李迟舒就开始捏着嗓子叫唤,至此李迟舒剥完了最后一颗桂圆,也终于察觉了我的到来。

他麻利地摘下手套站起来:"你来了?"

"我没来,"我把"土豆"从衣服里掏出来抱给他,"你看到的是幻觉。"

李迟舒低头笑笑,把装桂圆的盒子合上,接过"土豆"以后,把那盒桂圆递给我:"这个,给你。"

这大概是我自从做了那个梦后第一次面对他表情失控。

我接过那盒桂圆,甚至没有收回手,就这么举着停在和他交接的半空:"给我剥的?"

"嗯。"

李迟舒点点头,用手摸着"土豆",说起示好的话来总慢吞吞的:"你……给我带了很多次早饭,还有晚饭……我……我就给你买了盒这个。"

我努力压着嘴角以免翘太高,李迟舒不好意思,拿着那盒剥好的桂圆翻来覆去地看:"还剥好做什么?我又不是没手。"

"咖啡和三明治也是你亲手做的。"李迟舒说,"我不会种桂圆,但是可以帮你剥一下。"

我笑了笑,问他:"挺贵吧?"

李迟舒摇摇头:"你给我带了很多吃的,我省了一些钱。"

其实李迟舒没有省下太多饭钱,他的那些饭钱加起来应该和这盒桂圆的价格差不多。

"李迟舒,我说让你还我那些东西,是要你十年、二十年后还,不是现在，早一天都不行。"

他放在"土豆"头顶上的手一顿，大概没料到我这么快就看穿了他的心思。

"下不为例。"我收好水果盒子，"你要不要去操场坐坐？"

晚上八点半，天已经完全黑了下来，李迟舒蹲在草坪上和"土豆"玩了大半个小时。我坐在升旗台上，嘴里含着薄荷糖，脸已经快跟天一样黑了："李——迟——舒——"

他从不远处抬头望过来，和蹲在他脚边的小狗一样，兴奋得找不着北："怎么了？"

我出神看了几秒，才压下满肚子的怨气，沉着脸问："这儿还有个人呢，九点校门就关了，你要把我晾成干啊？"

李迟舒磨磨蹭蹭抱着"土豆"跑过来挨着我坐下，我还没等他开口就抓过"土豆"放到后头，一松手这狗崽子就往李迟舒那边跑，没跑两步又被我推开。几个来回后，它盯上了我的后衣衣摆，一个劲儿咬着我的衣服往后拽，还时不时朝李迟舒"嗷"两声卖惨。

李迟舒不停往我后边瞅，我"哼"了一声表达不满后才收回目光跟我没话找话："听说上次月考，潘然押对了物理和数学的压轴题。"

"哦。"我吃完嘴里的糖，又拆开下一颗糖，"潘然是谁？"

李迟舒一怔："就是……咱们年级随时跟你争第二第三那个。"

"这样啊。"我漫不经心地接话，对这个潘然并不感兴趣。

李迟舒问："你没印象吗？"

我不明就里:"我为什么要对他有印象?"

李迟舒沉默了。

这种沉默一直持续到李迟舒送我出校门的路上,他甚至思考入神到了一个人走在前头、完全没意识到我和"土豆"被他落下的程度。

二十七岁的我有烟瘾,但没有二十七岁的李迟舒烟瘾大。

梦中,在李迟舒去世前两年他在家养病的一段日子里,他对香烟的欲望莫名其妙地膨胀,起初他一天也就抽两三根,后来时常一顿饭的工夫就能抽四根。只有我在的时候,他因为怕影响我工作会忍着些,可等我一走,他就立马报复性地一包接一包地抽。

但其实他才是那个最开始劝我戒烟的人。

刚读大学的李迟舒第一次约我出去吃饭时,见我抽烟只敢藏着自己那份不同寻常的关切试探性地问我:"你会抽烟?"

我说抽着玩玩儿。

他就小心翼翼地提醒我说:"我听说抽烟对身体不大好。"

我把这当成一句普通的客套,并不放在心上,也十分客套地回他:"心情不好抽两根,烟管用。"

他那时若有所思:"这样吗?"

偏偏李迟舒是一个把沈抱山说过的每句话都记在心里的人,我没想过只是自己一句随口而出的话,在若干年后让李迟舒染上了极大的烟瘾。

他在某个辗转反侧的夜晚像以往那样复盘,记忆来到那个节点,他忽然想起我的这句话,走到书房打开了我的烟柜。

为了戒掉他的烟瘾我收起了家里所有的香烟和电子烟,在原本藏烟的地方放上水果糖,旁边贴上便笺:想抽烟就吃点糖或者打电话给沈抱山。

可这并不能改善多少。

在我的可视范围内李迟舒乖巧听话,但一旦离开我的视线他就藏在黑暗中吞云吐雾。

有一次被我抓到,他无奈地笑笑:"可是这个好像真的能缓解情绪。"

我质问他:"谁跟你说这东西能管用的?"

他就维持着那样的笑不说话。

我想尽一切办法都没能阻止他的身体越变越差,在一个喝醉的晚上我对他崩溃控诉:"李迟舒,你哪怕为了我——就为了我,都不愿意好好振作吗?"

那年的李迟舒病入膏肓,固执得不愿意为了自己的健康做出任何一点改变,任由自己的精神与生活崩塌。

他其实从很久以前就预见了这一切。

他岂止是不愿意好好振作,他最后都不愿意多流连这世界一天。

我知道这些都只是梦境,是虚假的,但是每当我想起处于那个状态的李迟舒时,我依然会感到无力、心痛。

我追上李迟舒后,他突然问:"沈抱山,你身上为什么会沾上烟味呢?"

我说:"我爸有时候心烦就会在家里偷偷抽。"

他问:"有用吗?"

"没用。"

我说:"第一次抽烟的人基本会呛个半死,并不舒服,有了瘾后还对身体不好。我不抽,你以后也别学。有事还得从源头解决。"

"源头?"

我没回应,只是岔开话题:"你刚刚在想什么?"

"刚刚?"李迟舒想了想,"唔"了一声,接着往前慢慢地走,"我只是在想……潘然成绩也很好,跟你差不多,但是你竟然对他没印象。"

"所以呢?"

"所以……"李迟舒的背影快隐入一团黑暗,我紧紧跟着他,生怕他走进去就变得难以触及,"你这段时间对我的态度转变得好像有点突兀。沈抱山……你……你怎么会对我有印象?"

"你不知道?"

李迟舒说:"我,不太——"

我说:"像你这样的人,走到哪里都会给人留下很深的印象的。"

李迟舒愣了愣:"为什么?"

"你真的不知道?"

李迟舒蒙蒙的,似乎真的不知道。

"李迟舒。"

"土豆"在我怀里使劲往外蹦,想往李迟舒那儿去,我边用手紧紧按着"土豆"边说:"干净、优秀、好学、上进。你这样的人,在哪里都足够引起别人的注意。你看,连小狗都喜欢你。"

"我……"他茫然地看着我,"你在说我吗?"

我哭笑不得:"我们这里有第三个人?"

"李迟舒,你值得很多人的爱和关心。"我又一次重复,"从很久以前,到很久以后,你一直都值得。不仅是你的同学沈抱山,还有你的老师、你的朋友,以及每一个和你萍水相逢的人。你值得他们所有的爱和关心。"

我在黑暗中站直,一字一顿地告诉他:"李迟舒,你只是比其他人少了一点点应得的东西。不过没关系,以后总有人会补偿你。你会遇到很多人,或者某一个人——他们会变成你的'父母',变成你的妻子,变成你的小孩,会有人给你所有的爱和关心。你要接受这些,然后把它们藏起来,藏到未来的某一天,也许是他们没来得及赶到你身边的时候,你就会发觉虽然世界灰暗,但还好有他们。好不好?"

李迟舒手足无措:"我……"

他当然听不明白。

"听不明白最好。"我说,"你一天听不明白,就一天不会离开。李迟舒,你需要很多很多的爱和关心。"

他看着我,脑海中应该有许多疑问:"可是你……为什么突然……"

"没有为什么。"我说,"李迟舒,我只是意识到光阴短暂,想做的事要尽早做完。"

10月15日,晴

我今天买了水果,运气很好,有三个小苹果,加起来总共四块八毛钱,能吃三顿。

10月15日,晴

沈抱山,我没有很多很多的爱和关心,从很小的时候就没有了。

即便只是说说,我也谢谢你。

晚上我回到家时,蒋驰早就打完篮球,去游戏房等着我一起玩游戏了。

"土豆"从电梯出来后等着阿姨擦脚。

我去三楼跟蒋驰一人开了一台电脑,在桌上放好李迟舒剥的桂圆后,准备先去浴室洗个澡。

我关上游戏房的门,又打开,指着桌上的那盒桂圆对蒋驰说:"不准吃啊。"

蒋驰屁股刚离开椅子,又讪讪地坐了回去。

洗完澡后我披好浴袍站在镜子前,像梦醒后的无数天里一样凝望着镜子里的人。

十八岁的沈抱山和梦中二十八岁的沈抱山没有太大区别,再准确一点,是和李迟舒发病前的二十八岁的沈抱山没有区别。

我是个心里几乎不放事儿的人,听说这种人都不容易变老——至少外表是这样。

梦中人生前二十几年我过得一帆风顺,无论是家庭条件也好,先天禀赋也罢，太多东西我唾手可得，随便努努力就能拿到第一。

那些年我随心所欲，高考完去国外玩了一段时间回来后，随手报了跟家里公司发展方向完全不同的建筑学。反正家人无所谓我怎么"挥霍"自己的青春，对我的决定永远都持支持态度。

我本科五年，大四申请到国外大学的Offer（录取通知书）时隔壁建工院正在举办毕业典礼，我凑热闹和李迟舒坐在一起，问他有什么打算，他说他准备去老师介绍的工作室上班。

我问他为什么不读研，以他的成绩，保研完全没问题。

李迟舒低头笑笑，说他觉得学费太贵了，想了想，还是觉得早点出去工作好。

"你呢？"他过了一会儿才问我。

现在想想这两个字从他嘴里说出看似随意，实则用掉了他很大的勇气。

我关掉还显示着外语通知的手机界面，鬼使神差地说了一句："跟你一样，打算……留在这儿工作。"

他很惊讶，觉得我才该是读研的人。

我把手机揣进包里，说："读研大概每天就是帮老师画画图、做做方案。自己赚钱应该更自在点儿。"

后来我回忆起我的大学，说起自己和李迟舒的关系，总用"不咸不淡"这样的话来形容。

不咸不淡……我对他真的不咸不淡吗？

其实我也不是真的不咸不淡。

不然我也不会和李迟舒一直保持联系，不然我也不会在大学毕业后选择和李迟舒合租。

明明那儿条件也不是那么好，可在房租合同快到期的某一天，我只看了李迟舒一眼，撞见他眼里藏不住的那点不安和孤独，就不假思索地问："李迟舒，我打算续租，你要不要一起？"

许久之后的一个夜晚，他还没脱下工作时的衬衫与西装，两眼发红、满身酒气地敲开我的房门，细数着他这些年存下来的每一笔钱，最后笨拙得像第一次与我见面似的道："沈抱山……你能不能……"

李迟舒的孤独与渴望从那时起才暴露出来。大概是完成了最后一个执念，李迟舒渐渐发现，即便他拥有了年少时无法拥有的一切，他仍旧对过往的孤苦感到难以释怀。

贫土之上覆盖新泥，也掩盖不了野草干枯的根茎。

那年大年三十，他趁我不注意喝了一些酒。

他拿着酒杯坐在窗台边，城市的霓虹灯光在他眼底流动。我只能看到李迟舒的侧影，听他轻描淡写地说："我感觉快要走不下去了。"

我抢夺他酒杯的手停在半空。

接着李迟舒转过来，眼里一瞬有了水光，他每每打算跟这个世界告别，见到我就变得更难过。

他用孩童般不解和惘然的目光看着我，问我："可是沈抱山，人这一生，不该越过越好吗？"

我答不出来。

我也想知道，为什么上天不公，派他来人间受苦。

突然，他放下酒杯，站起来盯着我看了很久，说："沈抱山，你长白头发了。"

或许就是这根白发，使李迟舒意识到这个家里并非只有他一个人在受折磨。这根白发加速了他离开的决心。

可我从未觉得自己在衰老。

陪伴不会使人未老先衰，失而不得才会。

我的梦境在李迟舒三十岁的时候丢失了主角。

从浴室里出来我拨通了李迟舒的电话，听筒只响了一声，电话就被李迟舒接通，他的嗓音轻柔而稚涩，充满十七岁的人才有的生气："沈抱山？"

"嗯。"我走到阳台，阳光投射到一楼大厅的光晕已经移到后面的花园，"土豆"正围着喷泉转圈跑，"回宿舍了？"

"还没。"那边窸窸窣窣的，李迟舒在收书，"正准备回去。"

"我给你带的烤羊腿吃了吗？"

"还没有。"李迟舒马上又说，"回去就吃。"

我瞥向自己放在沙发上的黑色斜挎包，叮嘱他："早点吃。吃晚了明天早上会肚子痛。"

包是某名牌编织包，全黑色，容量大。我倒也不图用这个包装书，就图给李迟舒带吃的方便。包是前年陪我妈逛街时为了凑单随手拿的，换以前我一年到头背不了几次。

现在我天天背，主要是由于梦中的李迟舒有一天跟我在家看电影时，指着屏幕里穿帆布鞋的高中生男主告诉我："他这一身和你高中时穿的很像。"

我想了想，笑着问他："我高中哪有背这么傻的包到处跑？"

"傻吗？"

李迟舒先把电影倒回去认真看了看，随即垂下眼笑道："我记得……你有几次背过类似的，不傻的……很好看。"

梦醒之后有天晚上我想起这件事，翻遍家里自己所有的包，找来找去只找到这一个长得跟梦中电影里男主角背的差不多的包，之后没事儿就背着在李迟舒面前晃。

"早点吃完早点回去。"我说，"到宿舍了给我发条短信。"

"好。"

回到游戏房的时候蒋驰已经打完一场游戏，他从电脑屏幕前抬头扫了我一眼："再迟点我都开第二把了。"

"这不来了嘛。"我把开好的可乐放到他桌上，"今晚就一把啊，我明天要早点去学校。"

"行行行，知道了。"

蒋驰听什么话从来都是左耳朵进右耳朵出，一把挂了还要开第二把，我放下耳机转过去踹他椅子："下个星期再玩。"

"又是下个星期。"

他关了电脑嘀嘀咕咕，想伸手抓我盒子里的桂圆，被我挥手打了回去，他闷闷不乐道："干吗啊？！金子做的啊？！一口都不让吃。"

"李迟舒的谢礼。"我拿起盒子在手里转了转，"你不知道乐于助人，让别人也给你送些谢礼吗？"

蒋驰闭上眼吸了很长一口气，拿出手机道："来来来，我给你妈打个电话，你照着刚才那话对着你妈再说一遍。"

我嚼着桂圆又踹了他一脚。

蒋驰不依不饶："别急啊，来啊，说啊……"

125

我们闹了半天，李迟舒突然发短信来了。

我拿起手机一看：

我到宿舍了，烤羊腿很好吃，谢谢。饭盒和保温袋明天还你。

蒋驰在旁边阴阳怪气地说："我说呢，下午护那烤羊腿跟狗护食似的。"

我没搭理他，先顾着给李迟舒回消息：好。你早点睡觉，明天一起吃午饭。

李迟舒：好。

"好——"蒋驰一屁股坐到我的游戏桌上。

我收了手机看向他："少在那儿学他说话。"

蒋驰翻了个白眼。

突然，他将视线定格到我的手办柜子上："那什么啊？还专门把柜子清了单独放。"

他一边说一边就往柜子边走。

"别乱碰。"我跟过去，把他放在柜子上的手拿开，"天天净手欠。"

这小子跟没见过世面一样，紧紧盯着柜子："这什么玩意儿啊？"

我："看不出来？"

蒋驰摇头："没见过。"

"这东西啊，有个学名，还有个俗名。"我走回去拿起桂圆继续吃，"你想先听哪个？"

"这么讲究？"蒋驰一听来兴趣了，两眼放光，"还分名字呢。你先说俗名儿。"

"俗名儿，"我顿了顿，"叫风筝。"

蒋驰绽放异彩的笑容凝在脸上。

他扭头看看柜子，又看看我，指着那柜子道："这东西也能叫风筝？"

"不一般的风筝啊。"我一本正经地回答，"不然怎么还有个学名，我还专门把它珍藏起来。"

蒋驰像是在思考我这话的可信度，最终觉得言之有理决定听下去："那你说说学名。"

"学名儿，叫谢礼。"我靠在桌子边，笑吟吟地解释，"李迟舒做的。"

蒋驰：……

沈抱山："怎么了？没人给你做吗？"

周天一大早，我到李迟舒班上扑了个空。

李迟舒竟然不在班里。

按照他平时七点起床都算睡懒觉的标准，这会儿九点还没见到人实在是稀奇。

电话也没人接，我按着他曾经跟我提过一次的禾一宿舍号找去男生寝室。

我上到三楼，找到李迟舒住的房间，门虚掩着，我叩了两下，没人应答。

男生这边是八人寝，李迟舒说过他睡在进门的第一张下铺，他跟我谈论起自己的住校生活时总说："他们总喜欢一进门就往我床上坐，我老是要洗被子。"

我就告诉他:"你可以让他们起来的。"

李迟舒这时候又替他们辩解:"但他们坐在我床上聊天也挺有意思的。"

李迟舒似乎永远都能包容和原谅这个世界对他的冒犯,遇到坏事总有办法让自己往好的方面想。

可开解自己的法子再多也有不够用的时候,偏偏李迟舒一生没遇见过几件好事,开解着开解着,就把自己逼进死胡同里,再也想不出这一辈子该怎么办才能过好了。

我小心地推门进去,一眼看见进门左手边桌上那个洗得锃亮的饭盒和旁边的保温袋,连同练习册放在一起。床下的一双拖鞋、一双板鞋和一双帆布鞋摆放得很整齐,床头挂着半干的校服,被单洗得褪了花色。

床上鼓起一团,他正窝在被窝里面睡觉。

宿舍里没有其他人,我蹲在他床前,闻着那股熟悉的淡淡的皂香,他的床单、衣服都是这样简单干净的味道。

李迟舒睡得很沉,被子拉得高高的,盖住了耳朵,脸也没露出来多少。

我担心他是不是生了病,用手背贴上他的额头,温度却很正常。

接着他眼珠动了动,半梦半醒地睁开眼和我对视。

我冲他歪了歪头:"安安,起床了。"

安安。

我也是看见他缩在被子里的这一瞬间才想起,李迟舒还有个名字,叫安安。

是他妈妈给他取的，希望他这一生平平安安。

梦中李迟舒在离开前夏秋交接的那个九月得过一场很严重的流感。

李迟舒连续几天高烧不退，不肯去医院，也不肯让我找家庭医生。

他那时已经在逃避与外人的接触，只有一顿没一顿地吃药，整日整夜躲在黑暗里昏昏沉沉地睡觉。

我火急火燎地从出差的地方赶回来，屋里热得像个蒸笼，李迟舒还把自己裹得像个粽子。

我把被子拉开，发现他滚烫的身上爬满冷汗。

李迟舒不愿意开空调，说空调让他的鼻子和咽喉难受，可家里的几个立式风扇档位都不合适，拿远了没用，拿近了又风大。

我找医院的朋友配了几瓶输液的药，硬着头皮亲自上阵，临时学习怎么扎针，先在自己胳膊上扎了半天，试得差不多了，才拿着药回去给李迟舒打吊针。

三小瓶药被输进李迟舒体内，他总算退了烧。

他半夜醒来那会儿，我正一边拿着一沓薄薄的图纸给他扇风，一边守着他的吊瓶盯着时间准备换药。

李迟舒的目光在我脸上游走，接着他叹了口气："我怎么总是麻烦你啊。"

"知道麻烦就好，"我瞪他，"老实输液快点好起来，好了看我怎么收拾你。"

李迟舒垂眼笑笑，视线飘到我给他扇风的那一沓图纸上。

"小时候，妈妈也这么说过。"他突然开口，说到妈妈时声音又轻又沙哑，好像这个词对他而言已太过陌生，"家里舍不得花钱买风扇，又热，我热得在她怀里一个劲儿哭，她一只手揽着我，一只手拿扇子给我扇风，还给我唱歌，哄我说'安安乖，快点睡'。"

他举起那只打着吊针的枯瘦如柴的手："就像你这样，连扇风的位置都一样。"

"安安？"我凑近逗他，"李迟舒还叫安安呢？"

"叫的呀。"他语调平缓地承认，对着天花板追溯很久以前的事，"很小很小的时候，楼下的哥哥把他的旧自行车送给我，妈妈和爸爸就在坝子里教我骑自行车。他们在前面跑，我在后面骑，我怕得直哭，妈妈就回头冲我拍手，说'安安不怕，妈妈在，来追妈妈'。"

我静静听着，难得他有一天讲那么多话，又引着他继续说道："还有呢？"

"还有……"李迟舒努力思考着，语言像浮尘一样飘在这个空空荡荡的房子里，"还有我刚上幼儿园时，他们还没去外地打工，每天早上送我读书，我不想起床，妈妈就在我耳边喊我'安安，起床了'。"

"沈抱山。"

他突然叫了我一声，又别过头去，望着黑漆漆的衣帽间，第一次用压也压不下去的浓浓鼻音低声说："我有点想妈妈。"

我怔了怔，强行把泪忍回去，笑道："那你把我当妈妈。"

他没有说话。

后来这辈子他再也没有听人叫过他一声安安。

李迟舒没有给我机会。

我趁李迟舒迷糊着叫了他一声,他显然没听清,看了我几秒,才一下子睁大眼坐起来:"沈抱山?"

"是我啊。"我还蹲着,把胳膊交叉放在膝盖上,仰头看他,"李迟舒你怎么还赖床啊?"

"我……"

李迟舒探头看看窗外,满眼愕然,又伸手去枕头底下摸他的小灵通,一按亮屏幕就看到我的未接来电提示,而时间显示现在已是九点半。

"我手机静音了,没听到。"他先给我道歉,然后就低下头懊恼,"怎么闹钟也没听到啊……"

我指着他:"你昨晚上干吗去了?老实交代。"

李迟舒缓缓抬头:"我什么也没干。"

"那今天醒这么迟?"

李迟舒不吭声了。

我觑着他,突然想到了什么:"李迟舒,你该不会……昨晚一晚上没睡着吧?"

李迟舒还是装哑巴。

我抓着床头的铁杆坐到他旁边,望向他的眼睛:"昨晚上你为什么没睡着?"

李迟舒不动声色地往旁边挪了挪。

"该不会,是因为——"

我话还没说完,李迟舒就从另一边掀开被子下床,麻溜地往厕所跑:"我刷牙去了。"

我冲着他的背影轻哼一声,起身帮他叠被子。

被子叠完,饭盒收好,李迟舒也洗漱完出来了。

我自觉往门外一站,对里头说:"换好衣服去食堂吃饭。"

李迟舒看来是饿了,拿卡刷了两份饭菜,坐下以后就一言不发地埋头吃起来,吃得过于认真了。

我抄着手盯着他:"李迟舒,你紧张什么?"

李迟舒吃饭的动作一顿,人差点噎着,我把汤递过去,他一仰脖子直接喝了个精光。

"有吗?"李迟舒就是不看我的眼睛,"我没有紧张啊。"

"那你倒是吃口菜啊。"我说,"光啃白米饭啊?"

李迟舒:……

他跟梦中上大学那会儿第一次约我吃饭时一模一样。

我把他的保温杯拿过来,把开水倒进杯盖里放在一边晾着,又拿起筷子给他挑干净菜里的姜丝和花椒,再把牛肉夹进他碗里:"下周六高三不上课,周五下午就放假你知不知道?"

李迟舒默默把牛肉丝拌进白米饭里吃了:"真的吗?为什么?"

我把阿姨准备的保温盒里的一盘鱼挪到跟前,慢悠悠地挑鱼刺:"初中部和高三联合办美食节啊,这不学校专门给高三准备的嘛。"

一中是所注重人文关怀的学校,即便是高三,教务处还是保证学生每周有两节体育课,防止学生压力大无处发泄。

高三两个学期,教务处上学期会安排高三年级跟初中部联合办美食节，下学期则有专门的春游。

"哦……"李迟舒想了想，揣摩明白了我的意图，"你要去？"

我反问："你不去？"

他把我挑到一边的姜丝也夹进碗里一起吃了："我下周作业挺多的。"

"我要去，我想去唱歌，你喜欢听什么歌？"

"唱歌？"李迟舒终于抬起头来看着我，"我没什么……"

"那就我自己选。"我笑着给他哼了两句，"从前从前，有个人……"

李迟舒把头低下去，一口一口咬着鱼肉，然后装作漫不经心地问："这首歌叫什么名字啊？"

"这首歌叫——你猜。"

李迟舒很无语地看向我。

"好啦，到时候唱了你不就知道了。"

我开始给切好的火龙果淋蜂蜜："去撒。"

李迟舒不说话。

"李迟舒去撒。"

李迟舒还是不说话。

"去撒。"

李迟舒答应去了。

"那你别忘咯。"晚上我在回家前叮嘱他，"周五去游泳馆等我。"

10月16日，晴

今天我和沈抱山在楼梯间遇到了,他好像要去打篮球,没看见我。

可能他看见了,但是不认识我。

10月16日,晴

我今天竟然一直到早上六点才睡着,还被沈抱山发现了。

沈抱山吃饭的时候给我哼了一首歌,感觉很好听,但是他不告诉我名字。

早上我梦见妈妈了。

第七章

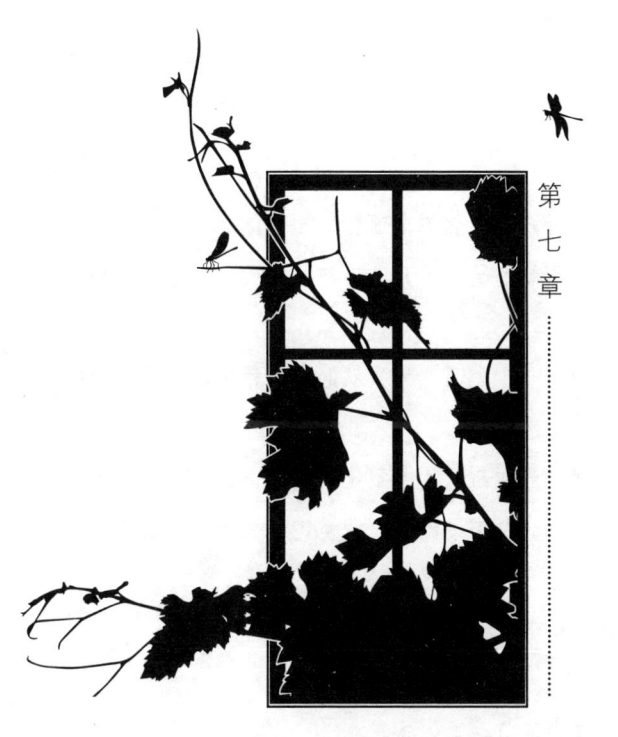

耳鸣终止
erming zhongzhi

好好活着可是头等大事。

耳鸣终止

　　学校的游泳馆修得很简单，顶棚下面是泳池，上了岸进一个短短的过道，接着就是男女分开的更衣室，更衣室隔间里有几个简单的淋浴位。

　　蒋驰约我游了一个小时，等我从池子里起来，李迟舒已经在过道里那张长凳上坐着了。

　　他没发现我，自顾自低头捧着化学书在背，泳池水面的浮光折射在他的下颌上，粼粼涌动着，我恍惚间生出一种似曾相识的感觉。

　　好像在梦中有一个傍晚，我也撞见过这样一幕。

　　"李迟舒。"

　　我坐到他身边开口。

　　他这才从课本上抬起头，顺手递给我一旁的毛巾："你来了。"

　　"嗯。"

　　我取下眼镜，拿毛巾擦胳膊，随口问道："我们以前有没有在这儿见过？"

　　李迟舒小声背书的声音戛然而止。

　　我仍看着他，耐心等他合上书本，水波的光影在他的唇角晃动，他抿了抿嘴，又舔了舔上唇，最终说："高——"

蒋驰"哗啦"一下从水面蹿出来,冲着我大喊:"沈抱山!"

我闭上眼,努力平心静气以后才望向蒋驰:"干什么啊?"

这小子杵在泳池里,抹了把脸,摘下眼镜:"游泳馆的工作人员让我俩走的时候把门关了,钥匙在我那个柜子里。"

我说:"还有呢?"

"还有?"蒋驰想了想,"没了啊。"

"这个事儿你非要在池子里说不可吗?"

"哦。"

蒋驰恍然大悟,踩着水走上来:"那我去换衣服了啊。"

我冲朝更衣室走去的蒋驰点头,等他进去了,才又对着再次翻开化学书的李迟舒问:"你刚刚要说什么来着?"

"刚刚?"

李迟舒神色恢复如常:"什么?"

"李迟舒。"我握着他的双肩摇了摇,"你知不知道你装傻的样子真的很傻?"

李迟舒沉默了一阵,像是准备坦白了:"其实我——"

"沈抱山!"蒋驰咧着一排白牙探出头,"钥匙给你。"

沈抱山:……

李迟舒:……

我接到他抛过来的钥匙,语气平静:"你还有事吗?"

蒋驰:"没啦。"

"那你快走吧。"

蒋驰问:"咱俩不一块儿去初中部?"

"谁要跟你一块儿啊?"我急了。

蒋驰骂骂咧咧地走了。

我把毛巾从肩上拿下来,一脸不爽地往淋浴间走。

有那么几个时刻,我真的很想把家里那只长尾巴的"四脚怪兽"跟蒋驰一起打包送到外星球。

李迟舒在更衣室里等着,我洗完出来在柜子前取衣服,他跟在我后头,在我"乒乒乓乓"开柜子时终于忍不住说:"其实……"

我以为他终于要主动告诉我了。

结果李迟舒说:"我也不是不能跟蒋驰一起的。"

我背对着李迟舒没有立刻搭话,心想李迟舒竟然第一次表现出并不抗拒我的社交圈子的态度。

但这种时候我怎么能好好讲话呢?

我硬气地问:"你跟他什么关系啊?"

李迟舒愣了愣:"他……他是你朋友……"

"他是我朋友,你就愿意一起?"我套好T恤,转过去盯着他,"李迟舒,你跟我什么关系?"

李迟舒大概没料到我会这么问,整个人呆呆的,还有些神经紧绷。

我又问了一遍:"李迟舒,你跟我是什么关系?"

李迟舒动动嘴唇:"我……我跟你……"

他很是为难。

说同学?

似乎我跟他比普通同学更要好些。

朋友?

太片面了。

发小？

那是蒋驰。

我轻咳一声："我再进去冲个澡，你好好想想。"

说完我把衣服丢到他手里，叮嘱他："不准跑了啊。"

我不知道李迟舒花了多长时间才让自己回神的，总之在我冲完凉待在淋浴间里喊他那会儿，差点怀疑他真跑了。

我一连喊了好几声，他才迟钝地应了一下，接着赶忙跑过来从隔间的门缝里递衣服给我。

我们收拾完毕给游泳馆锁上门出去时已将近七点，夕阳斜照在我们走的林荫小道上，李迟舒总慢我半步，像专门闷声踩着我的影子走路似的。

我百无聊赖地放慢步子，抬头从交错的树枝间寻找鸟叫的来源，李迟舒忽然从后面扯了扯我的衣摆。

"沈抱山。"

"嗯？"我侧头看他。

李迟舒抓着书包肩带，仰着脸时瞳孔的颜色被斜阳照成浅浅的棕色，看起来澄澈浅淡。

"你下次有重要的话要问我，能不能提前说一声？"

我停下脚步，颇玩味地笑着问："为什么？"

李迟舒总是一本正经地对待生活里大大小小所有的事，就连我随口说的一句话，他也得先在脑子里一个字一个字地思索过后再给出反应。

"你提前说一声……"李迟舒似在强装镇定，努力让自己的语调听着平缓，但他抓着书包带子的指尖正在渐渐泛白，"这样我就可以认真一点回答。"

我和他对视了几秒,终于还是没忍住低头笑弯了眼。

"那怎么办?"我对着他,也努力学着他那样严肃的神态,可嘴角根本放不下去,"我现在就想问你。"

"问我什么?"

"嗯……好吧,"我也的确暂时想不出更好的问题,"你说吧。"

"我不知道。"他一五一十地回答。

"然后呢?"

"你是个好人。"

"你还是别答了。"

美食节,学校联系外头美食街的商贩和一些连锁品牌,让他们入驻进来,临时搭成一个美食小集市,学生也可以带自己做的东西四处摆摊,可以热闹一个周末。

我一向不怎么吃这些乱七八糟的东西,也不让李迟舒吃。

可上周蒋驰一语点醒我:"那些东西你不喜欢,是因为你嘴巴刁,你就不想想,干不干净是一回事儿,人家李迟舒想不想吃又是一回事儿。好的坏的他吃都没吃过,他就不馋?"

其实是这小子自己想拉着我去。

初中部广场中间有个搭起来的唱歌擂台,赢了的人能拿二十张免费饭票,相当于享受在场子里随便免费吃的待遇。

蒋驰不缺钱,但就喜欢凑这种便宜热闹。

我一合计,吃点垃圾食品也没什么,开心最重要,就打算带人来逛逛。

美食街交易不给现钱,进去先在门口兑饭票,一张饭票五块钱,我估摸着小吃街那些零嘴的价格,先换了二十张,一路往里走,每样都买了点。

很快,李迟舒手里的吃食就多得拿不下了。

"沈抱山,别买了。"他在我耳边提醒了几次,"吃不完,很浪费。"

"不浪费。"

我领着他找到那个擂台,把他安排在靠擂台的一列小桌子旁边:"坐好啊,我待会儿就给挣回来。"

他坐在背靠报刊栏的小长凳上,我则排队去参加那个歌唱擂台赛。

从我们进场起,擂台上头传来的歌声就没停过。参赛选手把现场围得水泄不通,源源不断地上擂台参赛。我在报名处办完手续后到一边坐着准备排队上场,却突然敏锐地察觉李迟舒那儿有一丝异样。

李迟舒将大大小小的吃食全都放在凳子前的小桌上,人却背对着桌子站得笔直,盯着报刊栏纹丝不动——那样的站姿甚至不能说是笔直,而是僵硬,十分不自然的僵硬。

我是个对李迟舒的背影很熟悉的人,毕竟在梦中他留给我最多的就是背影。当他拒绝与外部世界沟通交流时,他就会趁人不注意躲到最黑暗的地方,大多数时候是他永远不愿意开灯的房间里,一个人蜷卧在床上,明知道我就站在门口守着他、看着他,他也依旧没有一丝转过来面对光亮的勇气。

他坚持用沉默抵抗着外界,而我只能不停地去解锁他的沉默。

而此时直觉告诉我，李迟舒的情绪在遭受着一些异样的冲击。

我正要起身过去，他突然偏头，抬起一只手捂住了耳朵，接着缓缓蹲到地上。

"李迟舒！"我扔掉手里的报名序号牌子，挤开人群飞奔过去。

李迟舒脸色发白，张着嘴喘气，大约是听见我由远及近的呼唤，略微艰难地抬头。

我很快跑到他身边。

"怎么了？"我伸手覆盖住他捂在一侧耳朵上的手背，用另一只手探了探他的额头，"不舒服？"

他缓了两口气，脸色稍微好转，把手放开了一点，侧耳等了片刻，说："我没事。我刚刚好像有一点耳鸣。"

"耳鸣？"

这是李迟舒病发时在深夜折磨他的病征之一，我不敢相信，这个症状在这个时候就出现了。

李迟舒的嘴唇还泛白，我抓着他问："你以前也耳鸣吗？多久了？也这么严重？"

他埋头思索着，不确定地摇摇头："应该没有的。"

见我神色没有缓和，李迟舒又用肯定的语气说了一遍："以前没有过。这会儿也好多了。真的。"

"那你刚刚……"我蓦地想到什么，抬头看向报刊栏，除了满满一报栏的作文纸，其他一点特殊的也没瞧见。

我本来还要仔细看，李迟舒拽了拽我的衣角："沈抱山，我想回教室坐坐。"

我赶紧扶起他："走吧。"

李迟舒边走边回头："吃的……"

"不要了。"

李迟舒说以前没有过这么严重的耳鸣，虽然他的话有极大隐瞒病情的可能，但照他不会说谎的性格来看，事情大抵是尚未发展到影响他精神状况的程度。

如果不是精神问题，那就是身体素质问题，李迟舒的营养跟不上是造成他今天耳鸣的最大因素。

吃晚饭时我盯着他吃完了家里送来的一整份多宝鱼和半只大龙虾，又给他灌了半杯核桃芝麻糊才放他回宿舍。

目送李迟舒进寝室大门后，我背上包，转身去了初中部。

就算可能性极小，我也得去确认那个报刊栏有无异常。世上那么多巧合的事情可以发生在李迟舒的身上，但必须被证实确实只是巧合。

10月21日，晴

今天天气很好，我在去食堂的路上看见沈抱山进了游泳馆，他应该又要去游泳吧。

10月21日，晴

我今天又和沈抱山一起坐在游泳馆里，他变得更高大了。时间过得真快。

我第一次吃龙虾，沈抱山把龙虾全给我了。

核桃芝麻糊黏糊糊的，沈抱山家的阿姨好像什么东西都会做，他说我要多补脑，多睡觉，多吃阿姨做的饭。

我没能听到他唱歌，很可惜。

我昨天晚上也梦见妈妈了，原来这个梦是在给我提醒，早知道我就不去那里了。

可是难得沈抱山唱歌……

算了，反正我最后也没听见。

沈抱山应该准备了挺久吧，唉。

秋天似乎总是很短，十月一晃而过，学校满地梧桐叶，路边的梧桐树枝丫枯瘦，天最终冷了下来。

李迟舒还是整日穿着一身秋季校服，把拉链拉到最高，他的袖子和腰身总是大得略显空荡，叫人看不出里面添了几件衣服。

在降温不久后，我买的几百个暖宝宝终于到了。我提着从家里随手拿的大号购物袋和保温盒，和往常一样在周六下午去学校找李迟舒。袋子里放了一百个暖宝宝、一件鹅绒服和一件毛衣，还有一只见到李迟舒就夹着嗓子乱叫的"四脚怪兽"。

我穿梭在城市车流间，有一种莫名的期待。衣服是我上周末特地去商场给李迟舒挑的，跟我身上的这件同款式不同颜色。我选好以后让柜姐拿了件小一码的，结果刚好没货，等了一周才到货。

饭点时刻，李迟舒背着书包站在教学楼大门入口处，拿着本小册子背语法，一边背一边眼巴巴往校门口看。我一来，他就不低头看小册子了，安安静静地站在那里，等我走到他面前。

"土豆"从隔层里冒了个头出来，又被我按下去。李迟舒伸手想接，我顺势把保温盒放到他手里："先吃饭，再摸狗。"

李迟舒抱着保温盒，恋恋不舍地把目光从"土豆"的身上挪开，回道："哦。"

接着他又问："你提了什么来啊？"

李迟舒对外界的探索欲和好奇心在逐渐萌发生长，也有可能是和我变得熟悉的缘故，总之在两个月前，他是不会主动提出这样的问题的。

这证明他在好转。

我干脆把袋子换到另一只手上藏在身后："吃完饭再说。"

今天他的胃口不错，正餐没剩太多，连水果和谷浆也吃完喝完了。我一边收盒子一边记着今天的菜，想着回去跟阿姨打个招呼，让她多做些类似的菜。

李迟舒很积极地跑去洗了手，二话不说蹲到袋子前就要去抱"土豆"。

"土豆"两只前爪早攀到口袋边，一声一声叫着，就等跳到李迟舒怀里了。

我在人狗相拥的前一秒提起了袋子，顺便拉着李迟舒走出食堂："先去个地方。"

教学楼一楼厕所最后一个隔间是没有蹲位的平地，因为挨着报告大厅，领导们随时会来学校视察，所以这一层的厕所都非常敞亮干净，一天二十四小时都点着熏香。

李迟舒被带到隔间那会儿人还蒙着，贴住墙根一动不动。

"过来点。"我半蹲着朝他招手，"我又不会吃了你。"

李迟舒慢吞吞过来，我从袋子底部掏出一片暖宝宝，冲着他的衣摆扬了扬下巴:"撩起衣服,我教你贴暖宝宝。"

李迟舒攥着衣摆,疑惑地问:"这是什么?"

"暖宝宝啊,"我说,"教你贴一次,晚上你就能拿回去用。"

"这就是暖宝宝?"

"对啊。"

李迟舒弯下腰凑近,像是很感兴趣:"我们班也有同学贴。"

我说:"那你还不认识?"

"我只是听他们说他们贴了,但是没有见过。"他伸出手想摸,还没碰到又缩回去,"这个真的很暖和吗?"

"暖不暖和贴一下不就知道了。"我把胶纸撕开,示意他撩起衣服,"来。"

他犹豫了一下才低头缓缓把衣角撩起来。

我这才知道他为什么迟迟不愿意撩开自己的衣服。

李迟舒抵抗冬天的方式非常粗暴,就是把能想到的御寒衣物全往身上套:冬季校服里是一件缩水起球的套头毛衣,因为穿了很多年,早被洗得变了形,线孔大大小小分布不均;毛衣里还有一件针织马甲,最下面的纽扣已经掉了,露出再里面一层的军绿色面料——是夏天时李迟舒穿的睡衣。李迟舒有了我给他准备的新睡衣以后,就把这件旧睡衣当成冬天的内衫了。

最后一层是夏季校服。李迟舒撩开一层层的衣裳,认真等待着我往他的夏季校服上贴上一张暖宝宝。

"好啦,"我吸了吸鼻子,"转过去,再贴一张。"

暖宝宝贴好后,李迟舒垂头看看肚子,又扭过头去看看后背,嘀咕说:"没什么感觉呢。"

"等会儿嘛。"我拿出袋子里的羽绒服抖了抖,"试试这个。"

"啊?"

犹豫了一下,李迟舒还是听话照做。

李迟舒看了看标签上的那串外文,迎上我的目光,抿了抿嘴,把衣服抓过去穿了。

"挺好的嘛。"我把李迟舒的那一堆旧衣服叠好搁进购物袋后,走近看他,"穿这个外套,里面就配一件短袖,这样穿最暖和,里面的衣服加得越多反而会冷,知道吗?"

我也不晓得他听没听进去。

李迟舒只是斟酌了几秒,把手指放在拉链上,想脱不敢脱,试探着我的态度:"其实……有暖宝宝就一点都不冷了……"

我:"是吗?"

李迟舒点点头。

我但凡再顺着他的话头接下去,李迟舒当场就能麻利地把这件羽绒服换下来,然后重新把他的旧衣服一层一层套上。

我怎么可能给他这个机会。

"这衣服是商场断码买一送一赠的。"我捞起购物袋夹层里的"土豆",把它塞进李迟舒怀里,我说谎话早已练得脸不红心不跳,"就只有你这一个码,我和我爸都穿不了,又剪标了,钱也付了,还给商场就是送钱,你不穿也没人要。"

我取下他的书包背在肩上:"实在不行,你把里头的鹅毛取出来还给鹅?"

李迟舒没忍住笑了笑,跟着我走出厕所,轻声叫我:"沈抱山。"

"怎么啦？"

他沉默半晌才走过来，抬起头看向我："我知道你给我的这些，其实都不是你说的那样。"

我敛下眼，扬起唇角。

他像是生怕我再编出新的借口糊弄他，赶紧接着开口。

李迟舒每次郑重其事地说话就会变得很慢，又慢又带着点结巴，仿佛每个字对他而言都重如千钧："我知道，你……你是想照顾我的情绪，我清楚你是想做得周全。但是……但是你也可以相信我。"

说出这样的话耗费了李迟舒好多勇气，他顿了顿，才又继续说："我其实……其实自尊心没有那么脆弱。你可以大大方方告诉我，我不会那么敏感的，也不会拒绝你。你给的所有我需要的东西，每一样我都会记着，以后……以后慢慢……像你这样，用你希望的方式，给你。"

"李迟舒。"我停下脚步，微微低下头看着他，"光说不做可不行。"

"不会的。"他说，"我——"

"不如立个字据吧。"我打断他。

李迟舒猝不及防："啊？"

"写个保证书。"我又重复一遍，"上边就写：李迟舒在此承诺，今日沈抱山所赠予的一切，都能在以后以除了金钱以外的任何方式被索要回去。比如无条件地答应他一件事。"

李迟舒竟然敢迟疑。

他委婉地提醒："杀人放火……"

"违法乱纪除外!这样行了吧?"

"嗯!"他这回回复得很快,"我回去写了明天就给你。"

"那不行。"

"啊?"

"现在就写。"我把书包放下来,"把纸笔找出来,立马写。"

李迟舒:……

李迟舒写好保证书后,我将字据拿在手里对着远方的落日翻来覆去地看,像电视里的人验钞那样,确定这是白纸黑字不会消失的承诺,再喜滋滋地揣进兜里。

李迟舒欲言又止:"沈抱山?"

"说。"

"你是不是……早就想好要我做的事了?"他一遍遍摸着"土豆"的脑袋,快把人家头顶的黄毛摸得反光了,"所以才要我写这个。"

"没呢。"我说,"我要慢慢想,你得做什么事儿才能让我回本。"

李迟舒笑着说:"你给了我这么多东西,我做一件事就让你回本,得是多大件事?"

"可大一件。"我煞有介事地故弄玄虚等了一会儿才说,"比如……好好活着。"

他一下子笑出声:"好好活着算什么事啊?"

"好好活着怎么不算事儿?"我挪开目光,看向远处的夕阳,直视日光使我的双目突然发酸。

"李迟舒,好好活着可是头等大事。"我似笑非笑道。

11月16日,晴

好冷啊。

我穿两件毛衣也不管用了。

可是我现在就穿棉衣的话,更冷的时候怎么办?

我再撑两周试试看吧。

11月16日,晴

"土豆"好像长大了,我一只胳膊都快抱不住它了。

沈抱山给我带了很多暖宝宝,让我睡觉的时候感觉冷了就贴在身上。那么小一个东西,贴上竟能使全身都暖和。

他还给我带了一件羽绒服外套,里面套件短袖就不冷了,不知道是什么做的,沈抱山说是鹅绒。他前年的那件衣服也是鹅绒的吗?怪不得我穿那么多还是冷,原来里面只要穿一件很薄的衣服就可以。

沈抱山还让我写了一张保证书。只让我做一件事真的够吗?做饭、做咖啡和看极光都三件了。

他可以叫我写很多件的。但他好像不相信我说的话。

现在告诉他写很多件也没用,我以后重新给他写一张好了。

我写一百件。

送李迟舒回了宿舍后,我马不停蹄地赶往家对面的一条咖啡街,从街中间横拐进一条巷子,这巷子最尾端有家旧书店。

这已经是这一个月里我来的第四次了。

老板还是戴着他的老花眼镜坐在柜台的一端，手上拿着本旧书在看。

台子上还摆着一个玻璃水杯，里面泡着少许发黄的茶叶。

我进门时触动了窗户边的风铃，老板抬头觑了我一眼："又来啦。"

"是啊，"我靠着柜台，也不绕弯子，边打量左手边一排木架上的书边问，"那东西您找到了吗？"

本来瞧老板摆出这副一动不动的样子，我都做好再次空手而归的准备了，哪晓得他从竹椅上"噌"地站了起来："等着啊。"

他走向身后黑漆漆的库房，没走两步又回头，摘下眼镜看向我："我今天一直等着你，没想到你来得这么晚……"

我一怔，连柜台也不靠了，"唰"地站直，两眼直勾勾地盯着库房，听里头抖落报纸的声音传出来。

"喏，拿着。"老板步履蹒跚地走出来，他人虽老了，却很有精神头，递给我一卷发黄发脆的旧报纸，"你瞧瞧是不是这一期。"

我顾不上说话，赶紧低头检查。

我找了几秒，才锁定报纸左下角一栏有一行触目惊心的红色字：《海业工程再无后续，零落母子何去何从》。旁边还附了一张黑白照。

我没有细看，又忙不迭翻页去找报纸的日期，果真是十年前的七月，李迟舒父亲出事后不久。

"应该是，后续不对我再找您。"我匆匆把报纸塞回包里，从钱包里抓了几张一百元的纸币放在柜台上，"这个，谢谢您——"

"拿回去拿回去，"老头子看起来很不喜欢我这做法，"说了帮你就帮你，能帮到那是运气，帮不到也就算了。不收钱。"

我四处看看，又从架子上随手拿了几本书："那这些加上报纸总共多少钱？我买了。"

他算好价格，道："49元。"

我给了一张50元的纸币后，老板从充作零钱盒的饼干盒里拿出一枚硬币扔给我。

我迎着月光一路跑回家，指尖捏着那一枚圆圆的硬币，心跳如擂鼓。

梦中李迟舒曾经也给过我一枚一块钱的硬币。

那是我即将出差的前一天晚上，他忽然对我说："沈抱山，你去帮我接一杯水吧。"

我问他："渴了？"

"嗯。"李迟舒那时还会跟我开玩笑，"快渴成沙漠了。"

我笑了笑，起身道："等着。"

我接完水回来，他安安静静地坐在床边，望着我进来。

"怎么了？"我把水杯放在床头，站在他身前，"有事要说？"

李迟舒将紧握的手心张开，里面是一枚不知从哪儿翻出来的硬币，递到我面前："这个，给你。"

我拿在手里仔细看了几遍，都没发现这枚硬币跟普通的有何区别。

"这是做什么？"我问他。

李迟舒只是笑着说："就是想送你，没什么。"

第二天他尝试了第一次与我告别。

半个小时后,我因为改了航班而折返。一进屋就看到他昏迷不醒,我立马背起他上医院。

李迟舒的计划也因此中断。

他在病床上吸着氧,刚醒就看到我那几乎能拉到地面的脸,我交叉胳膊坐在床头一动不动地盯着他。

李迟舒大概也是心虚自己做了不告而别的坏事,躲开我的目光沉默了一会儿,又把视线转回我脸上,悄悄从被子里伸出两根手指扯我的衣裳:"沈抱山……"

"叫谁呢?"我左右看看,"谁叫沈抱山?谁在叫沈抱山?"

他抿着嘴,自知理亏地用讨好的眼神冲着我笑,好像是在说:沈抱山,你原谅我吧。

我就勉强原谅他了。

"下回再敢这样……"我一字一顿地警告他,"你病了就给我熬着,熬到好的那一天。"

他又笑笑。

以后每次被我抓到,他都这么笑。

我把那枚硬币翻出来塞到他手里:"一块钱?你的命就值一块钱是吧?钱给我了你就想跑了?你想得美。你的命便宜,我的命不便宜。我给你做饭,放外边一顿四位数都请不到我,你一块钱就把我打发了?天下便宜都给你占了?李迟舒我告诉你,你欠我的不还清,哪里也别想去!"

李迟舒见我哭了,终于笑不出来了。

他慢慢伸手去拽我的胳膊:"沈抱山……"

我甩开他，霍地从椅子上起来，背过身去仰头看了一会儿天花板，转回来时还指着他骂："你以为你眼睛一闭就没事儿了？李迟舒，再有下次……"

　　我说着说着，好像又把话说回去了。

　　再有下次如何呢？

　　我还不是屁颠屁颠把人往医院里送，晚送一秒都无法忍受。

　　李迟舒像个永远都教不好的小孩儿，每次被我发现时都积极认错，但坚决不改。

　　后来他试着再把那枚硬币送给我，可他一掏出来我就跟应激似的跟他急，跟见了什么不共戴天的仇敌一样，李迟舒也就不送了。

　　直到现在，我仍没参透那枚硬币的含义。

　　我也不想参透，我宁愿我一辈子跟它不要相见。

　　回到房间后我一关上门就直接靠墙滑坐到地上。

　　手里的硬币被我握出了汗，我放到一边，小心翼翼地拿出报纸在腿上摊开，指尖触碰到那一行醒目的标题，最后看向那张黑白照片。

　　照片上的人并非李迟舒故去的父亲，而是七岁那年被母亲拽着站在广场上的懵懂的李迟舒。

　　照片上的李迟舒戴着一条开了线的红领巾，背着书包，脖颈被压得低垂，疲倦与困顿使他微张着嘴睁不开眼睛。

　　李迟舒旁边是他的妈妈，他妈妈侧脸刚毅，脊背也挺得笔直，好像大楼上那几个镀金大字的光芒再如何刺眼也抵不过她眼中的执着。

我注视着报纸上小李迟舒乱糟糟的头发，恍惚间有种就这么穿梭在他的短暂人生中的错觉：七岁，十七岁，二十七岁；从顺从到挣扎，最后放弃。

"什么时候呢？"我凝视着那张黑白照片轻声问。

什么时候能让他一生灿烂，如朝阳一尘不染呢？

第二个周六我去得很晚，天已经黑了。

李迟舒见我身上只挂了一个斜挎包，眼中隐隐有失落："没带'土豆'吗？"

我一言不发地走到他身前，从包里拿出一个黑色的口罩，趁他还满脸茫然的时候就给他戴好，接着又把那件羽绒服背后的帽子盖到他头上，让他整张脸只露一双眼睛在外看路。

李迟舒两个眼珠子滴溜溜跟着我的动作乱转，而我在确认他浑身上下被包严实以后，抓住他的袖子，只说："跟我去个地方。"

我带他去了初中部。

李迟舒在去的过程中发现路线是往初中部去时已经有些抵触。

"沈……沈抱山。"他叫住我。

"李迟舒，"我脚下一步不停，"我知道你在怕什么。"

我回头对上他仓皇的眼睛："我带你去毁了它。"

初中部没有修宿舍，偌大一个校区，周末入了夜就黑得仿佛深不见底。

我翻墙进去，从墙头把李迟舒接过来。他第一次干这种事，又急又慌，中间几度想摘下口罩都被我勒令戴回去。

李迟舒不明白是什么样的行动让他非要戴上这口罩，而与他同行的沈抱山则打扮得明目张胆，甚至连校牌都没有摘下。

冬夜笼罩下的教学楼静得能捕捉到每一丝风声，我们一路跑向顶层。到达走廊的监控盲区时，我让李迟舒站着不要动，接着在他的注视下朝另一端走去。

青白色的月光铺在我脚下的每一块地砖上，十六班的班牌就在这样的月色里反射着冰冷的光芒，像十年前广场上那几个耀眼而刺目的镀金大字。每一寸反光下的阴影都压在李迟舒薄弱的脊背上，将他压得越来越小，越来越不敢直视日光。

我站在班门口，从包里抓出一卷复印的报纸——那张旧报纸，我复印了整整一百份。我开始冷静而从容地开工：拿出胶布，从十六班的班级大门起，把报纸一张张贴满教室的外墙。每一张报纸上都是相同的内容：海业集团工程出事，施工方闭眼装死，集团推诿责任，大放厥词"是工人自己不小心，责任全在死者自己"。民愤之下，赔偿款依旧下落不明，黑白照片上一对母子被逼上绝路……

上面的每一个字我都有去核实，十年前的报纸中，只有我手里请求书店老板找了整整一个月的这一张报道得最为公正，也正是这张报纸，让政府相关部门知晓了这件事，最终帮李迟舒和他的母亲拿到了赔偿款，并得到了对方的道歉。

听话躲在暗处的李迟舒当然不知道我手里拿的是什么。他离我很远，远到他只能看见走廊中央的我在不断地重复着手里的工作：拿报纸，贴胶布，剪胶布，再拿报纸。我的胶布用了整整五大卷，整面教室外墙都被贴满了。我没有留下一丝缝隙，等到周一有人发现想要撕下时，如此巨大的工程量也足够让每一个人看清报纸上的内容。

"沈抱山，"李迟舒在墙壁后头轻轻喊我，"要不要我帮你？"

我没有说话，只是对着他比了个不许过来也不许说话的手势。

很快，我手里的报纸贴了大半，胶布也用得差不多了。

完工以后，我回到李迟舒身前，他不明就里地看着我。

我说："现在去下一个地方。"

操场旁边的报刊栏到现在都还没撤，里边一整面都是初三作文竞赛的获奖作品，上个月李迟舒就是在这里突发了耳鸣。

我后来回到这儿用了一个小时把每一篇作文都仔仔细细地看了一遍，这些作品的主旨都大同小异，全是十三四岁的孩子们用各种或朴实或绚烂的记述手法歌颂自己的父母在自己成长路上所做的伟大牺牲：是父亲在自己不知情的情况下悄悄准备了很完美的礼物，是母亲得知自己生病后立马放下手里重要的工作前来照顾……总之是无数个除了李迟舒以外的小孩在长大这条必经之路上收到爱的各种方式。这个世界被偏爱的人都是用同一种口吻诉说爱。

直到我看到那一篇作文。

从内容上看就知道写这篇文章的孩子家境不凡，从小左拥右簇，家里有许多照看他穿衣吃饭的保姆。

他用十分平淡的语调记叙着自己超越大部分同龄人的优越生活，然后在行文一半的地方笔锋一转，说起自己父母曾在十年前遭遇的一桩难事。

大致内容就是他正在创业且事业刚有起色的父母，在一边努力工作一边辛苦抚养年仅五岁的他时遇到了一对可恶的母子。那对母子非要把外省项目工地上失事工人的死归咎到他父母公司的失误，对他的父母纠缠不休，还一度闹到当地政府，最后讹到一笔不小的赔偿款才就此作罢。

虽然事情摆平了，但他们公司的名誉因此受损，遭到毁灭性的打击。

如果不是父亲与母亲相互扶持，为了他的未来咬牙撑着走下去，他的家庭差点就走向破碎。

落款人的名字很陌生，我记住以后回去查了查，是海业集团的小少爷。

十年前才五岁的小孩子能记得什么，能明白什么？最大可能是他从父母那里日复一日、年复一年的耳濡目染，才把这样颠倒是非、扭曲黑白的错误拿来作为他歌颂父母的依据。

我想这是李迟舒不愿意去跟他计较和追究的原因。

可沈抱山是个小气的人，不但小气，还有钱，还睚眦必报。

不知道真相没关系，总要有人帮他打破父母搭好的温室，让他看看真正的苦厄。十年前李迟舒的正常生活被他伪善的爹妈打破，今天我就来告诉大家真相。

操场周围只有报刊栏上安了监控，李迟舒站在十米开外，不愿意再迈近一步。好像他再靠近一点那两张小小的作文纸上的文字，就会把他灼烧到。

我握住他的双肩，"李迟舒，不管发生什么你都不要动。你只需要看着我，看着沈抱山就够了。"

我朝报刊栏走去,转身那一瞬李迟舒伸手想抓住我。我在他手背上拍了两下,没有回头,一直往前走。

不得不说李迟舒的眼光真的很不错,这个斜挎包虽然长得平平无奇,但相当能装。平时能给李迟舒带早餐不说,关键时候还能装点别的工具,比如胶布,比如报纸。

报刊栏两面都是玻璃挡板,防止贴在里面的作文和海报被随意触碰而遭到损坏。

我想办法打开了报刊栏的玻璃挡板。

然后我撕下那两张作文纸,替换上我裁剪好的报纸,用胶布粘了上去。

等一切搞定,我转身看向李迟舒。

他就站在一盏昏暗的路灯下,照我说的没有挪动半分,没有摘下口罩和帽子,也没有出声。只是双眼紧紧盯着我,也许是震惊于我的行为,他连眼角流出的泪滴滑进口罩了都没注意。

"李迟舒,"我把一只手揣进裤兜里,平静地问他,"耳朵有没有好一点?"

李迟舒没有说话。

我又转回去,对着报刊栏顶上那个监控器拿起自己的校牌,指着校牌上的名字对着监控说:"沈抱山。"

初中部的保安在听到动静后很快赶了过来。那时我和李迟舒正在翻墙离开。

四十岁的保安大叔发现我们的踪迹以后绕到后门开锁来追,我拉着李迟舒朝前方疯跑,跑了不知多远,保安的呼喝声才终于消失。

可我们还在跑，一直跑到江边才停下。江风猎猎，呼啸在耳边，吹干了我额头的汗。李迟舒的喘气声也在不知不觉中化作了呜咽。

我停下脚步转身去看，李迟舒像是再也跑不动了，双手撑在膝盖上，微微弯着腰，头低低的，大颗大颗的泪水滴在他的脚下。

"李迟舒，"我忽然把他拽起来，"想哭就哭。"

他抓着我的衣服号啕大哭："凭什么……凭什么……"

李迟舒泣不成声，偏偏嘴又很笨，连控诉都只会来来回回重复寥寥数字。

凭什么活下来的人就能这样抹黑过去？凭什么被遗忘的就活该被改变？凭什么天平最后只倒向声音大的人？

我从未见过这样的李迟舒，哪怕是在梦里，他也极少在我面前哭泣，更别说如此失控。不是因为他不会难过，而是那时的他已经失去了正常表达情绪的能力。

那些年里他把所有的眼泪咽回肚子里，留在自己的身体中慢慢消化。他从未意识到那是不对的，是反常的，好像任由所有的坏情绪吞噬腐化自己的身体，对他而言才是在这个举目无亲的世界上生存应该具备的能力。

等到身边出现一个可以接纳他所有情绪的沈抱山时，他早就忘记如何流出眼泪了。

李迟舒哭到后面甚至说不出一句完整的话，连呼吸都变得困难而急促，他稚涩又沙哑的声音响彻在夜空下，被吹散在江风里。如果今夜我不在，那他无以诉说的难过也将像他父母的冤屈一样，被不断前行的岁月流放。

我忘了他那晚在我面前哭了多久，总之夜风渐渐停歇，落叶也不再飘动时,他渐渐放缓了呼吸,又过了一阵,他似乎整理好了情绪,抬起头来。

"嗯——"我故意拖长语调逗他,拿出一块阿姨在整理我的衣服时习惯性放在兜里的方巾,提醒他擦鼻子,"鼻涕都哭出来咯——"

李迟舒一下子破涕为笑,接过我的手帕自己擦着,然后小声说:"谢谢你。"

"要谢就拿出点实际行动。"我带着他往高中部走,又从包里摸出一瓶早就为他准备好的热牛奶,这瓶奶这会儿还有些温度,"你现在要做的呢,就是回去喝完这瓶牛奶,什么都不要想,好好地睡一觉,明天起来等着我的早饭,想想一模考试该怎么复习。"

11月23日,雨

今天我把棉衣翻出来穿了,里面好像又破了,寒假回家的时候得去补一下。

11月23日,雨

沈抱山,你是妈妈派来的使者吗?

这件事当然很快引起了不小的风波。

就连我和李迟舒在食堂吃午饭都能听到旁边有人议论。

李迟舒心不在焉地扒拉着水果,几次欲言又止:"要不我去跟老师——"

"李迟舒,"我帮他把调好的鱼子酱抹到半片可颂上,"昨天晚上,你在教室做了三个小时的理综试卷,一直到十点半教学楼熄灯才回了宿舍。其间初中部发生的事,你什么都不知道。明白了吗?"

这是我第三次打断他的话。

李迟舒接过可颂片,沉默了几秒,才低声说:"知道了。"

我瞧他光拿着不动嘴,估摸他那股倔劲又上来了,干脆夺过可颂片递到他嘴边,李迟舒这才勉强咬了一口。

"好吃吗?"我问。

他漫不经心地点点头。

"安安。"我突然叫了李迟舒一声,他咀嚼的动作明显一顿。

我面不改色地继续抹着酱,又说:"我这么做,不是不尊重你的想法。只是你呢,现在还有点笨,老师一问,你结结巴巴地什么都招了,这不是最优解。虽然说人不能撒谎,可做错事的人本来就不是你。所以你听我的,好不好?"

李迟舒安静了一会儿,没有接话,不动声色地拿走了我手上的可颂,埋头一口一口吃了起来。

我拍了拍他的肩:"早点吃完回宿舍睡午觉。"

"嗯。"

我提着保温盒回自个儿教室的时候,班主任已经守在门口等候多时。

"沈抱山,"他冷冷叫住我,眼神里布满威压,"过来一下。"

我很听话地跟过去了。

从一开始我就没想过要逃避,不然也不会对着摄像头自报家门。所以当班主任问我昨晚的事是不是我干的时,我诚实直接地说了声:"是。"

他问我:"还有其他人吗?"

"没有。"

"没有?"他压了压嘴角,"你在监控里头喊的人是谁?"

我没回答,只问:"监控拍到别人了吗?"

他无语片刻,转而切入主题:"你为什么要做这件事?"

我朝自己站的侧后方瞥了一眼——李迟舒的班主任也坐在办公室里,是年级新招进来的数学老师。她矮矮瘦瘦,平时就不怎么说话,但是因为李迟舒待的班是她带的第一个班,所以这位老师在年级里出了名的负责认真,班上学生谁有点事,她永远第一个护在前头。

梦中时隔多年后,李迟舒偶尔和我谈到他的班主任也总是一副怀念的神情:"那位老师真的很好,很多次班里有事她都会格外照顾我一些。"

我问班主任:"您知道我贴的报纸上说的是谁家的事儿吗?"

他也扫了一眼我身后,声音略微小了些:"知道。"

班主任不可能不知道的。就算那篇作文没有提名道姓,那张报纸上黑白照片里的人跟现在的李迟舒判若两人,他们也一定会知道。我昨天站在监控下清清楚楚地喊过一声"李迟舒",就凭这一点,加上李迟舒在教师组里广为人知的家庭情况,他们也应该能很快推测出在这次事件中全程未曾露面的主人公到底是谁。

李迟舒的班主任似乎在低头准备教案,可握在手中的笔迟迟没有落到纸面。

"那您还不清楚我为什么要这么做吗？我只是在想办法澄清一个事实。"

他显然被我的话激怒了，手指头"噔噔"敲了两下桌子："他家的事，轮得到你给他做主？！你给他出头？！你跟他什么关系？！你自己的事弄好了吗？！"

"他爹妈都死啦！"我单手撑着桌面，也拔高音调，声音大到足够穿透一掌宽的墙壁和紧闭的铁门，传到走廊上每个人的耳朵里。

我微微倾身跟坐在椅子上的他对视："我不出头谁出头啊？"

他嘴唇僵硬地动了动，两眼直直地瞪着我，发白的脸色既像是为找不出反驳我的话而愤怒，也像因为在别的班老师面前丢了面子而感到羞耻。

"至于我跟李迟舒的关系，您觉得是什么，就是什么。"

我说完这句，退了一步，垂下眼睛，回到那副在老师面前认错的学生姿态："我知道，是我太冲动，就算要给他出头，也不该这样，对整个班级和您都造成了很大的影响。"

我从桌面找了支笔，在班主任的笔记本上写下我的号码："这是李迟舒的电话。其他的事我会跟家里商量，尽可能减轻您这边的负担。"

话说到这份上，他没再说什么，摆手让我出去。

经过李迟舒班主任桌子边时，有人拍了拍我的背。我转过头，跟李迟舒的班主任有一瞬的眼神交汇，随即离开了办公室。

冬天的太阳落得很快，进门前夕阳才照到教学楼底层，出来时黄澄澄的霞光就爬满了走廊的白墙。

李迟舒手里拿着本小小的笔记册子，靠在阳台上不知等了我多久。

一见我出来，他的脊背就离开墙面。他一声不吭地望着我，眼里好像装满了话。

"你怎么不回班上坐着？"我走到他面前，看着他被风吹得发红的耳朵，"冷不冷？"

他摇头。

"都听到了？"我又问。

李迟舒很轻地点头。

"你放心，"我说，"那边的家长不敢找你的。"

他们但凡还要点做人的脸皮，都不会来找李迟舒对质。

我突然想起自己包里还有给他买的一小盒豆奶，于是拿出来边给他拆吸管边说："他们就算来了，也要先过我这一关。"

李迟舒默默接过豆奶，抬头说："我带你去个地方。"

"现在？"我扭头往虚掩的办公室大门看看，"还有一个小时就上习了。"

他很认真地回了声"嗯"。

我意味深长地看了他一眼，又凑近问："要带我去哪儿？"

他黑漆漆的眼珠子迎着我的目光一动不动，唇角扬了扬，说道："我家。"

这次换我愣了愣。

这一刻比我计划的来得要早一些——我以为李迟舒愿意让我踏进那个掩埋着他所有不为人知的晦暗的地方还需要一些日子。

"再说一遍，"我盯着他，"你让我去哪儿？"

他说："我家。"

李迟舒抿了抿唇："我……有个东西要给你。"

"什么啊？"

"去了你就知道了。"

"嗯……那我就——"我把手揣进兜里，扬起下巴，"被年级第一的好学生拐走咯？"

李迟舒笑笑，伸手扯住我的衣角："再不走来不及啦。"

这会儿还没上自习，学生们还能抓紧最后一个小时自由进出校门。我和李迟舒逆行于人流，喧哗中没有人注意我与他之间的秘密。

此刻，我终于站在那栋古老破败的筒子楼前。

李迟舒的家在五楼，我们沿着楼梯往上走，楼梯的铁扶手锈迹斑斑，指尖敲打上去能听见铁皮内沉闷的回声。

"三楼住的是一个捡垃圾的奶奶，还有她的孙女，很乖。"李迟舒爬得很快，一边走一边喘着气给我介绍，"四楼以前住的是一个哥哥，小时候还送给过我他的自行车，后来他们一家搬走了，现在没人住……我家到了。"

他从包里找钥匙的当儿又偷偷看我，话里终究存了些藏不住的局促："我家……有点乱，你——"

"没事儿，"我跟他说，"再乱都不会有我房间乱。我房间连下脚的地儿都没有。"

这话显然让李迟舒轻松了一点。

不管他信没信，总之是笑了。他把钥匙插进锁孔，咔嗒一声，打开了老旧的红漆木门。

家里几个月不住人,阳台的地砖上落了层树叶和厚厚的白灰,但门口的洗衣机、板凳还有几个盆桶,甚至连衣架都摆放得相当整齐,连水桶的提手和衣架挂钩的方向都很一致地朝向一边。

李迟舒曾经告诉我他在学生时代很喜欢做家务,尤其是洗衣服、扫地和拖地。这是他在大脑必须休息时避免自己无所事事的绝佳方式,做家务能让放下正事的他不产生浪费时间的焦虑感。

这样逃避焦虑的方法一直被他延续到往后很多年——即便他本就不该为此焦虑。

家里的沙发被一张破了几个小洞的床单盖着,李迟舒扯开床单,让我在沙发上坐:"你……你等我一会儿。"

他转身朝房间走去,我像个跟屁虫一样跟在他后头。在他进入房间时礼貌性地止住脚步,靠在门上等他出来。

李迟舒的房间布置很简单,里面有一张床、一个衣柜、两个床头柜和一张书桌。窗户是最老式的五颜六色的花窗,底部有个窗栓和钩子,窗栓插在掉漆的红木窗框里。窗子下的书桌上有盏塑料台灯,桌下有一张板凳。床头的墙上挂着一张结婚照,我想那就是他的爸爸妈妈。

我凝目瞧着照片里拿着塑料捧花笑看镜头的人,在心里默问:这次我来得早一点,你们能不能保佑保佑他?

在我出神的这两分钟里,李迟舒已经走到原木色的床头柜前蹲下,打开抽屉,从最里面掏出什么倒在掌心,很快就起身走了出来。

"拿了什么?"我问。

李迟舒紧紧攥着手心,回到茶几边拿起我给他开的豆奶,转过来对我发出邀请:"楼上有个天台可以晒太阳……你要不要去?"

十分钟后,我和他坐在了天台的矮墙边上。

矮墙外是一圈铁围栏,我抓着铁围栏远眺这座城市边际处的落日,问:"李迟舒,你到底要给我什么?"

他喝了一口豆奶,缓缓摊开掌心,把手伸到我面前:"给你。"

我垂首一看,心头震了震,才被夕阳照得暖融融的身体凉下去一半,在这一瞬停滞了呼吸。

是一枚硬币。

"什么意思?"我控制住语气,但仍不免生硬地问。

好在李迟舒并未发现我的异常,只是把手放了下去,自顾自捏着这枚硬币对我说:"爸爸出事以后,那个工程的负责方赔了我和妈妈十四万元。妈妈一分不留全给了我和外婆。我存了四万在外婆的存折里,剩下十万,每次有迫不得已的情况才取出来用。"

"可是我不太争气,"他不好意思地低头笑笑,"读了十几年书,马上就十八岁了,每年都在生病。一生病就要花很多钱,总是有很多次迫不得已要取钱的时候。我取着取着,钱就见底了。最后一次,我实在是太冷了,上街给自己买了一件新棉衣和一个热水袋,回来再掏存钱罐,不管怎么倒,都只倒出来这一枚硬币——妈妈留给我的钱只剩一枚硬币了。后来无论遇到什么情况,我都舍不得花这枚硬币,熬着熬着,许多事也还是熬过来了。这枚硬币就一直留到今天。我留着它,就觉得世界上总还有什么东西是属于我自己的。"

"现在……送给你好啦。"

李迟舒再次对我伸出手，笑着抬头看我，忽地一怔："沈抱山……你怎么了？"

"没什么。"我飞快拿走他指尖的硬币，别开脸吸了口气，而后转过来对他笑道，"只是没想到，原来硬币是这个意思。"

那么李迟舒，在我的梦中你把它给我的时候，又在想什么呢？

你是像今天一样决定让我和它一起成为你的底气，还是觉得连它也无法支撑你走下去了？

孤注一掷的夙念，让我在梦中错会了那么多年。

我从包里拿出早早为他准备好的MP4，插上耳机，分了一只戴在他耳朵里。

李迟舒伸直脖子看着我手里的动作，好奇地问道："什么啊？"

我调出自己提前录好存进播放器的歌："没来得及唱的歌，给安安的承诺。"

我按下播放键，音乐响起的那一刻，李迟舒安静了下来。

远处夕阳落幕，我双手撑在两侧，跟着耳机里的歌声哼着。

"李迟舒？"

"嗯？"

"不要不开心啦。"

"嗯。"

11月24日，晴

周日唯一的好处就是我在教室里给热水袋充电可以不用排

队。

今天我把另一双鞋子洗了,所以现在只能穿帆布鞋,晚上洗完澡脚还是凉的。

11月24日,晴

沈抱山好像真的有什么超能力,竟然会跟妈妈一样叫我安安,世界上是不是没有他做不好的事?

沈抱山给我听的歌很好听。

第八章

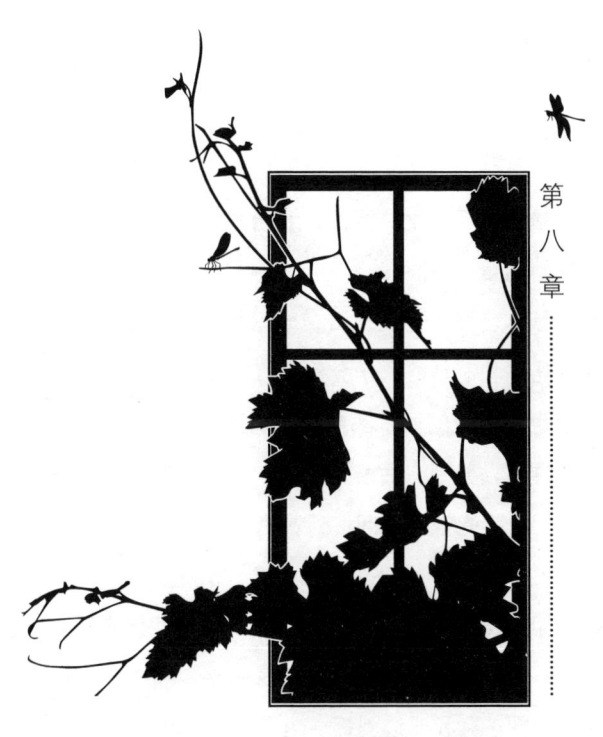

一梦一生
yimeng yisheng

我梦见……你走过的一生。

一梦一生

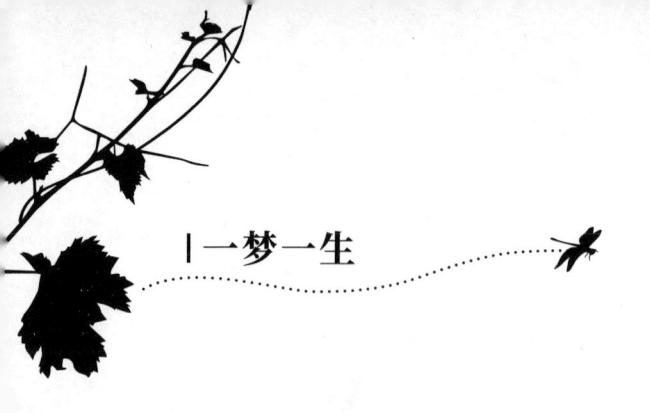

贴报纸这件事最后不了了之,当然,我给我妈打电话解释的时候还是免不了被她骂了一顿。

比起之前的沉默寡言和不与人交流,李迟舒进步了很多,尤其是在走廊上偶尔遇到我时他终于学会抬手打招呼了。

上晚自习时他也会听我的话,不再一整晚坐在教室里,课间会冒着寒风出来透透气,整个人活泼了不少。

有一次周六我们一起吃饭,他问:"沈抱山?"

"嗯?"

李迟舒缓慢地组织语言:"为什么每次晚自习,我出去都看见你在阳台上?"

"因为我在等你啊。"我一边剥虾一边说,"一起透透风。"

李迟舒没有接话。

后来每天晚自习课间的五分钟他都会出来透气。

我和他就站在各自班门前的阳台上,望着远处的操场吹风。

快放假的一个课间,我打完篮球洗手回来跟他擦肩而过时没忍住,又转回去道:"李迟舒,你的头发是不是有点长了?"

他摸摸头顶,扭头问我:"嗯……有吗?"

"有啊。"我看着李迟舒问他,"要不要我给你剪?"

"你会剪头发？"

"当然会啊。"

李迟陷入沉思："可是去哪儿剪？"

我低头凑到他跟前，笑着问："你都不先验验货，检查检查我的手艺吗？"

李迟舒愣了愣，也跟着笑起来，然后低下头像是在自言自语："没关系的……剪坏了也没事，我头发长得快。"

"嗯。"我努嘴对他的话表示赞同，看着他快长到眉毛下的碎发道，"确实长得快。"

别的男生或许可以一个月才剪一次头发，但我记得在之前似真似假的梦里，李迟舒的头发顶多两个星期，有时甚至一个多星期就需要修一修。

在梦中，在他待在家里不愿意出门的那些日子，作为室友的我兼职了太多身份——厨师、外卖员、医生、理发师……

每一次都是在我自己练得万无一失的情况下，我才敢给李迟舒试一试。

李迟舒是世界上最给面子也是最听话的人，我给他的一切不论好坏，他都赞不绝口。

在李迟舒眼里，没有我做不好的饭菜、挑不好的电影和剪不好的头发。

我记得我第一次给他理发前已经私下偷偷毁了很多顶用来练手的假发，等到和他约好要在家给他剪头发那天，我临时又拿自己练了练，结果一不小心剪出两个大缺口。

蒋驰听说这事儿后笑了我整整半个小时:"你见过哪个理发师自己给自己剪头发的?"

医人者不自医,度人者不自度。

我对着镜子生了半天闷气,最后一口气把自己的头发推成了板寸。

然后我在七月份的夏天戴上了一顶毛线帽。

李迟舒坐在客厅等我动手,目光几度流连到我的帽子上都欲言又止。

我想他是猜到了那顶帽子下藏了被我亲手祸害得乱七八糟的头发和那点要面子的自尊心,所以全程没有要求我摘下帽子。

当晚,我听见房门被打开,李迟舒光着脚走进我的房里。

我敏锐地察觉到他的气息:"别看,不帅了。"

"好看的,"李迟舒像是在笑,碰了碰我的后脑勺,"就是有些扎手。"

我也笑了。

这样的夜晚平淡得很难让人找出它有什么特别值得记住的地方——如果李迟舒没有生病的话。

如果他没生病,我和他该是人世间千千万万有着寻常快乐的普通人之一。

"李迟舒。"

今天李迟舒还是穿的校服,里面又是叠穿了好几件,我让他拉上拉链,问他:"放假有什么打算?"

学校其他年级的人全都放假回家了,毕业生学业紧张,教务处安排毕业班的学生上课上到腊月二十八下午才可以放假。

"放假？"

李迟舒不假思索："回家吧。学校不允许留校。"

梦中的李迟舒说过，他读书时最讨厌的事情就是回家，因为家里太冷，没有天然气，而且洗澡还要现烧热水倒进澡盆才能洗。

"家里没人？"我问。

他摇摇头："我打电话问了敬老院那边，外婆今年也不回来。"

我长长地"唔"了一声，转而问："今天你怎么没穿羽绒服？"

李迟舒说："我脱下来洗了一下外面。"

"那衣服不用经常洗的。"我提醒他，"穿到过完冬你脱下来我送去干洗就行了。"

"干洗好贵的。"李迟舒说，"要四十几块钱。"

我对此表示讶异："不错嘛。还知道干洗多少钱，你去问过了才自己洗的？"

他没吱声。

我又问："那毛衣呢？不是还给了你一件毛衣？怎么不穿？"

他看了看我，又低头笑，可能是对自己即将说出的话感到不好意思。

"我想……留着新年穿。"

我梦中的李迟舒在某些仪式感上保持着近乎幼稚的执拗，这种执拗滋养着他年少时薄弱的精神世界，贯穿了他的一生。

比如每个月领到钱的那个周末，他一定要在回到教室后，把桌面上所有的教材、试卷清理干净才开始就着夕阳慢慢享用他挑选的水果；比如每年大年初一他会去菜市场买十块钱的瘦肉回家给自己煮一碗面，吃面的顺序一定是先吃面条，再吃青菜，最后才一口一口吃干净碗里的肉丝。

就连十年后存款多到一辈子衣食无忧的他，也依然会在每个新年的前一晚，郑重其事地在床头放好第二天要穿的全套新衣——他提前半个月就去商场看好款式，选好衣服后的半个月，他每一天都在期待穿新衣的那天。

当然他不会忘记给我也买一套。

其实无论富有贫穷、日子好坏，李迟舒都很擅长用这样的仪式来使自己快乐，那是他在这个对他并没有太多善意的世界里为自己努力寻找的养分。

总之，对李迟舒而言，他身上那股蒲苇一样强韧的惊人的生命力和不屈不挠的精神缺一不可。

如果有一个人能早一点出现来关心他，他就会慢慢变得松弛。

而野草一般的李迟舒，本来只要靠那一点点松弛和汲取一份坚定的关心，就能延续他的一生。

"新年会有别的新衣服穿的，李迟舒。"我告诉他，"还会有除了新衣服以外的很多东西。"

李迟舒很诚恳地说："不用……其实那件已经很好了。"

我也很诚恳地问："那'土豆'也'不用'吗？"

李迟舒沉默了一秒后道："我下午去把毛衣穿上。"

我笑眯眯地拍拍他的肩："很听话。"

放假那天天气很好，李迟舒收拾的行李很少，书包却装得很满。我送他到他家楼下，都还没来得及上去坐会儿，就接到爸妈让我去酒店吃团圆饭的电话。

不出意外的话这样的团圆饭饭局会一直延续到大年三十。

我奔波在这个城市的各色酒店里，其间掐着时间离开酒席去柜台给李迟舒订餐，顺便另外掏钱请酒店员工把饭送到他家楼下。

李迟舒的短信发来时我正靠在餐厅外的栏杆边透气，点开后依旧是熟悉的李迟舒风格的简短问句："饭是你让人送的吗？谢谢。"

我退出短信界面，拨通了他的电话。

嘟声响起一秒就被李迟舒接了起来："喂？"

"李迟舒。"

我百无聊赖地看着底下花园中央的喷泉："你怎么不给我打电话？"

"嗯……"他总是习惯性地斟酌几秒，"我怕你有事，不方便接。"

"那你给我发短信的时候就应该问我'你现在能接电话吗'，而不是'饭是谁送的'。"

李迟舒问："有区别吗？"

"怎么没有？"

"可是你都会给我打电话啊。"

我心想：确实。

"好吧。"这次换我吃瘪。

"你在吃了吗?"我又问。

"刚打开。"李迟舒的声音在听筒里变大了点,我猜他正用肩膀和耳朵把手机夹在中间,双手则在打开打包盒,"这是你家的饭吗?"

"酒店的。"

我听见他发出了小小的感慨声,类似悄悄地"哇"了一下。

"怎么样?"

我等了一会儿才问:"好吃吗?"

他含糊又用力地"嗯"了一声,听起来嘴里正在忙,咀嚼完了才赶紧开口:"这些菜,他们做得好漂亮。"

我笑了笑:"酒店嘛,就讲究这些。明天除夕,你有什么打算?"

"明天……"李迟舒边吃饭边慢慢计划着,"白天做一下作业,去查一下电费,然后可以的话,晚上看会儿电视。"

我突然问:"你想'土豆'吗?"

"土豆"已经大到藏不进我的衣服,李迟舒快一个月没见它了。

他说:"想啊。不知道什么时候能见它。"

大年三十的晚上,我抱着"土豆"去见了李迟舒。

跟它一起被我带去的还有很多:李迟舒新年要穿的一身衣服、一床羊绒毯、一个蛋糕、一些乱七八糟的洗漱用品,还有第二天要做给他吃的一些食材。

晚上十一点，年夜饭吃完，长辈们各自组局上楼去下棋、打麻将，我趁人不注意，背上装着"土豆"的背包，提着满满两大口袋东西从一楼溜了出去，临走前胡乱找人打了个招呼："我去找蒋驰了啊。"

李迟舒家和我家一个在城东一个在城西，半个小时后我从蛋糕店拿走预订的蛋糕，匆匆赶往他家。

穿过一条窄窄的长巷抵达筒子楼下时，我抬头往上看，发现他家黑漆漆的。

我第一反应是掏出手机，点开通信录以后想了想，反正人都到这儿了，发生了什么直接上去看看不就得了？

楼里的住户，个个门窗紧闭，只有模模糊糊的春晚音乐声传到楼梯里。

上了三楼连声控灯也不亮了，估计是常年失灵。我单手提着袋子，另一只手打开手机手电筒照明，"土豆"在我背上时不时发出两声轻叫。

黑暗中的时间总是相当漫长，我一步一步抬脚走着，渐渐想起之前梦里李迟舒为数不多的向我透露的几次关于他新年的生活。

除夕这天对李迟舒而言和一年里另外三百六十多天都没有太大区别：起床，洗漱，煮一碗加了香油的挂面，看书，煮饭，打开电磁炉，炒两个菜，吃饭，继续看书，扫地，拖地，洗衣服，热一热剩菜，吃完饭在阳台坐一会儿，看看夕阳，回去打开电视，等播完春晚就洗澡睡觉。

这是他的除夕、他的生日、他的大年初二、大年初三……他人生中成百上千个清晨日暮。

所以我想，李迟舒说他厌恶放假也情有可原，这是他骨子里极少数对于孩童天性的背叛。

"在宿舍至少插卡就能洗热水澡。"他曾经这样说，"虽然我不爱说话，但听舍友们说话也挺有意思。回了家就要一个人待上好多天。有时候只有打开电视才能在家里听到一点别人的声音。"

难怪李迟舒那么喜欢开电视。后来跟我合租的那几年，只要我出差回家，家里总放着电视剧或者电影，而李迟舒常常窝在沙发上拥着毯子睡觉。

我踏上楼梯的脚步忽然一顿。

李迟舒说某一年除夕时他家中无故断电，为了了解原因，他跑到楼梯间检查电线，还因此触电晕倒，在寒夜昏过去了很久。在梦中他跟我说这话时只随口提了几句，并没告诉我是哪一年的除夕夜。

我放下手里的袋子，把背包脱下放在楼梯上，飞快地朝五楼跑去。

五楼楼梯转角处，一个只看得清轮廓的身影正踩在塑料凳子上，伸手去够墙顶的电线。

我倒吸一口凉气，话都来不及说，冲过去从背后把人抱了下来，放到地上。

"做什么呢？！"

我一时太急，没控制住语气。

李迟舒显然没回过神，愣了半晌才说："沈抱山？"

我叹了口气，在心里后悔刚才着急吼了他，缓下语气说："是我啊。"

李迟舒紧绷的身板霎时放松下来。

"你刚才在做什么？"我又问。

他仰头看了看顶上："家里突然断电了，我检查一下……"

"那也不该直接去摸电线啊。有没有碰到哪儿？"

梦里，很早我就发觉李迟舒对于踩在板凳或椅子上这样的事有着一定程度的恐惧，合租时别说检查电线，就是换灯泡那样的事我都从没让他做过。

现在想来应该就是他除夕检查电线时，被电到摔下凳子后短暂昏迷造成的心理阴影。

"我没事的。"

他的语气里有些许欢喜："你怎么来了啊？"

虚惊一场，我后知后觉出了一背冷汗。

我浑身脱力似的靠着墙："'土豆'想你了啊。"

李迟舒低了低头，肯定在偷笑。

"让我休息会儿。"

说完我发觉李迟舒穿的羽绒服外套并没有扣上，里头只穿了一套当初我给他的纯棉睡衣，脖子上围着我上个月送他的羊绒围巾。

那股淡淡的皂香盘旋在这个逼仄的空间里,似有若无,偏偏每一缕香气都能被人捕捉。

"你洗过澡了?"我松了松他的围巾,然后打了个更严实的结,把李迟舒下半张脸都挡在围巾里。

"嗯。"李迟舒点点头,笑着躲我,"沈抱山,我快呼吸不了了。"

"这会儿知道呼吸不了了?"我笑着问,"刚刚拿手摸电线就不怕出了事呼吸不了?"

"哪有那么夸张。"

"还犟嘴。"

李迟舒低头,我看到他在偷笑。

过了一会儿,他抬头:"你不在家里过年吗?"

"在啊。"我说,"你家不也是家吗?"

检查完李迟舒家门后面的电闸,确定断电的原因只是跳闸而已。

闸门拉上去,屋里就亮了起来。

李迟舒在我旁边嘀咕:"怎么我看的时候没有跳闸……"

"看错了嘛。谁还没个眼花的时候。你坐一会儿,我下楼拿了东西就上来。"

我可不敢跟李迟舒说我把"土豆"连着包直接扔三楼了,不然估计他这会儿跑得比我还快。

才下四楼我就听见下一层转角那儿传来亢奋激昂的狗叫,"土豆"被关在包里,爪子一个劲儿往出气孔挠,再来迟点这包就废了。

"好了好了好了，"我赶紧把包打开，捞起"土豆"抱在身上，提着袋子和包往楼上走，"别骂了别骂了，这不来接你了嘛。"

　　回到屋里，李迟舒见了"土豆"哪儿还顾得上我。趁这个空当，我去房间打开包，把里头的东西分门别类拿出来收拾好。李迟舒注意到我的动静时，我已经在他床上铺好了一层羊绒毯，正坐在床头放衣服。

　　他扒着门框探了个脑袋进来："你在干吗啊？"

　　"叠衣服啊。这是你明天要穿的新衣服。"我起身提起床头柜上的蛋糕，"走吧，出去吃蛋糕。"

　　李迟舒这才发现床头的包装盒，直愣愣地望着我走过去："蛋糕？"

　　"是啊，蛋糕。"我说，"安安的专属生日蛋糕。"

　　我见他仍是一副手足无措的模样，干脆把蛋糕放他手里，叫他提到茶几上："李迟舒，以后每年生日都要吃蛋糕。"

　　如果我不带这个蛋糕，那梦里，李迟舒七岁以后第一次吃蛋糕应该是在一年以后。

　　那时候的李迟舒，终于可以凭借成年人的身份不必在每个寒假都回家。

　　相反，就在学校周围，那些依赖大学生消费的商家——比如火锅店、酒店、奶茶店和KTV等等商家，都是李迟舒挣钱寄居的去处。

　　更何况节假日期间连锁店会付给员工双倍薪资，他有时一天只睡四个小时，能做三份兼职。

那时的李迟舒回忆起这些日子还神采奕奕,似乎真的对这样的时光觉得感激:"虽然累了一点,但是两三个星期就能挣一年的学费。没有什么假期比过年更好挣钱了。"

十九岁生日,初入大学的第一个新年,李迟舒是在一家火锅连锁店过的。

那个除夕李迟舒负责的餐区迎来一桌大年三十过生日的客人,他尽心尽力地服务着,目光游离在他们吃剩后放到一边的那小半个生日蛋糕上。

那桌的女孩子在将近凌晨时离开,最后也没有把吃剩的蛋糕带走。

火锅店搞卫生的服务生在客人离去后抱怨客人为什么一顿饭要吃那么久,害他从年末到新一年开头都要收拾这样的残局。

李迟舒上前接过他手里的抹布,让他去前厅跟别的员工一起休息,自己则负责帮他打扫一地狼藉。等对方离开后,李迟舒勤勤恳恳收拾完饭桌,悄悄端起那一小块蛋糕去了后厨。

最后在新年伊始,所有人都在前厅相互祝贺着"新年快乐"的那一刻,李迟舒躲在后厨挖下蛋糕上半颗干净的草莓,混着奶油送入口中,对自己说了声"生日快乐"。

"其实我纠结了很久,觉得偷偷吃别人剩下的东西不好。"他笑着说,"可让我拿两三个小时的工资去买一个蛋糕我又舍不得。"

我让李迟舒亲手拆开蛋糕盒子顶端的丝带,在他盯着蛋糕不肯挪眼的当儿起身关了灯,回来时从口袋里掏出一个顺路买的王冠戴在他头上。

他抬手摸了摸，蹲在茶几边，扶着王冠仰起头问我："我也能戴这个吗？"

我在他身边蹲下，慢慢插上蜡烛："怎么不能戴？"

"这不是公主戴的？"

"王子也要戴的嘛。"我把"18"的数字蜡烛旁边插满十根小蜡烛，接着再一根一根点亮，"李迟舒小王子，许愿，吹蜡烛吧。"

"土豆"在我们身边跑来跑去，一会儿把前爪扒在李迟舒膝盖上，一会儿扒在茶几上，被我一瞪又跑去李迟舒脚边嗷嗷叫唤。

李迟舒双手合十，刚要闭眼，又突然问我："这个……能许几个愿啊？"

还挺贪心嘛，李迟舒。

我说："多少个都可以。"

他看起来不信。

于是我故作思考了一下："嗯……三个。一般可以许三个愿望。"

"三个吗？"他眼睛亮了亮，这使我后悔没再多给他两个。

结果李迟舒下一秒说："那我分你一个。"

我愣住了："什么？"

"我分你一个。"他说，"这样你也有一个从我这里拿走的……独一无二的礼物了。"

我低头沉默了两秒，再抬起头时笑道："好啊。那你快把你的那两个许了。"

李迟舒把头转回去,正要准备许愿时又睁眼问:"这个是要念出声还是不能念出声啊?"

我想了想,回答他:"念出声。"

他将信将疑:"可我听说念出声就不灵了。神就听不到了……"

"其他人听不听得到不重要,"我再次把他的脑袋转回去,"沈抱山听得到,你的愿望就能实现。"

"好吧。"

他笑了笑,终于老老实实闭起眼睛开始许愿:"我希望外婆来年身体也很好,我能和沈抱山一起考个好大学。"

李迟舒准备吹蜡烛。

我问:"还有呢?"

他怔了怔:"还有?"

"这才一个啊。"

"这不是两个吗?"

"你一句话说完的,哪里算两个?"我胡搅蛮缠,"快再许一个。"

李迟舒相当迟疑:"你……确定吗?"

"确定。"

我给快要熄灭的蜡烛挡住风,催促道:"快点。"

于是李迟舒又重新双手合十,沉思了好一会儿才说:"希望'土豆'可以健健康康长大,活得很久很久。"

"喂,李迟舒。"我冷冷喊他。

"怎么了?"

"就三个愿望！"我冲他抱怨，"你分一个给我，还分一个给它！"

"土豆"扒拉着李迟舒的手，仰着脖子拿鼻孔看我，尾巴都快摇断了。

李迟舒不好意思地笑笑："我不知道许什么了……"

他瞄着我的脸色，扯扯我的袖子："沈抱山，你还没许愿。"

"哼。"

我勉勉强强就着未灭的烛火双手合十，闭上眼说："希望李迟舒健康长寿，花团锦簇，有用不完的爱，可以去拥抱全世界。"

李迟舒没有说话。

"十八岁生日快乐。"我悄悄睁开一只眼，透过蒲公英的绒毛似的光晕看他，"李迟舒。"

"嗯？"

"你知道拥抱全世界的第一步是什么吗？"

"是什么？"

"学会拥抱自己。"

1月28日，晴
我十八岁了。
爸爸妈妈，新年快乐。

1月28日，晴
爸爸妈妈，新年快乐。
今年有人陪我过生日了。

沈抱山带来了"土豆",还给我带了一个生日蛋糕。

生日蛋糕真好吃啊,家里第一次那么热闹。

他让我许三个生日愿望,我分了一个给他,分了一个给"土豆",一个留给自己。

本来想许愿再看见你们一次,可是觉得那样有点为难沈抱山。

神也不是什么都能做的。

明天他要给我做长寿面,第一次希望人可以不睡觉直接到天亮。

我更希望以后每年都能和沈抱山一起过生日。

我和李迟舒蹲在茶几边吃完了半个蛋糕。

最后我在边缘处用手指抹了一点奶油沾到李迟舒鼻尖,他不解地望着我。我说:"寿星都要这样的,这是仪式。"

他好像从不对我的解释提出怀疑,只点点头:"这样啊。"

我趁他出神的当儿掏出手机喊了一声:"李迟舒。"

他抬眼,被我拍下十八岁的第一张照片。

李迟舒的目光在我的手机上游移,他似乎很想凑过来看一眼我拍得怎么样。

"喏,"我把手机递到他面前,"是不是很好看?"

李迟舒笑了笑,又低头去刮盘子上没吃干净的奶油。

"我要把它存在云盘里。"我说。

他动作一顿,偏头问我:"什么是云盘?"

"就是……"

我很快操作好,退出所有程序,又切进云盘检查了一遍:"就是相当于手机的……大脑……灵魂,以后手机换了,里头的东西也能跟着迁移到下一个手机里,不会丢。"

他看着我的手机,若有所思。

"在想什么?"我问。

李迟舒后知后觉地收回视线,又把塑料叉子放进嘴里抿了抿,笑道:"你怕把我的照片弄丢吗?"

"怕啊,当然怕。"我把手机揣回兜里,起身去拿洗漱用具,走了两步又回头故作无奈道,"我胆子很小的,所以你尽量别让我害怕。"

李迟舒对着我愣了愣,随后跟我一起开怀大笑起来。

我回到房间时李迟舒正在角落里用纸箱子和穿不了的旧衣服给"土豆"搭窝。

那窝小小的一个,看起来很暖和。

李迟舒家里没有什么取暖设备,外面最便宜的有两根发热管的暖炉二十几块钱一个,虽然他也能买,但因为一个冬天都待在学校,回家的日子顶天也就半个月,李迟舒觉得不划算,总想着自己咬咬牙也就过去了。

而他一生中"咬咬牙"就省下的钱实在太多了。

本来家里有一个暖水袋,但不知为何李迟舒今天没有拿出来。他躺进被子里把自己紧紧裹住,又长长呼吸了几口气,像是在驱散身体的寒意。

"李迟舒?"

"嗯?"

"明天,不,早上想吃什么?"

"不是长寿面吗？"

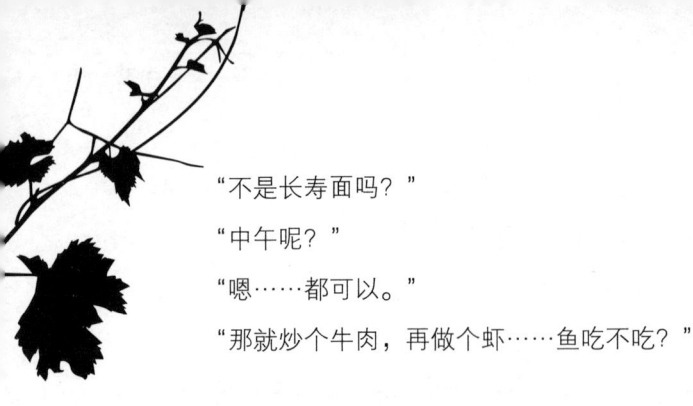

"中午呢？"

"嗯……都可以。"

"那就炒个牛肉，再做个虾……鱼吃不吃？"

大年初一早上天阴沉沉的，气温骤降，我问了李迟舒附近的菜市场的位置，让他戴好围巾不要随便出门。

昨晚来的时候我只带了些附近不容易买到的面包和墨鱼子酱，还有一点儿新鲜水果。

李迟舒家的冰箱空空荡荡，只有几个鸡蛋和一把青菜，被我捣鼓一通胡乱放了一些食物后才勉强有了点正常冰箱该有的样子。

大概早上十点，太阳出来了。

我去菜市场买了大包小包的东西和一条鱼，回到五楼又看见让人哭笑不得的一幕：李迟舒和"土豆"一人一狗堵在门口，大的那位坐在矮矮的木凳上，膝盖上放着本练习册，还用围巾遮住了他的半张脸，只有指尖被风吹得通红。李迟舒一边搓手哈气一边低头做题；小的那个趴在他脚边，打着瞌睡无精打采——但也不耽误它摇尾巴。

"李迟舒。"

我倚在楼梯转角的扶手上，顺着长长的水泥楼梯抬头望着他："你坐那儿干什么？"

"土豆"蓦地来了精神，跑到我脚边打转。

李迟舒闻声从书上抬眼，看见是我，他先笑了笑，口中哈出一片白气，随即收好练习册，下来接我手中的东西："你回来了。"

"嗯。"我跟着他上去，"问你呢，大冷天坐门口干什么？"

"没什么啊，"他说，"坐在门口可以早点看见你。"

"你知不知道只有小狗才会守在门口等主人的？"

"是吗？"

"不信你问'土豆'。"

"土豆"冲我叫了两声。

我指着它："看吧。"

李迟舒又笑，提着菜走进厨房。

他今天穿的是我给他准备的毛呢大衣，跟我身上这件同系列不同颜色。

这个系列的衣服普遍偏大，我为他挑选时找不准尺码，减一号会小，增一号又偏大，最后还是选了偏大的。

幸好款式是落肩，只是袖子长了一点，回家我叫家里师傅做了剪裁，这样他穿起来不会不舒服。

我回想着方才李迟舒抱着练习册坐在门口的模样，跟在他的身后慢慢停下脚步。

"李迟舒……原来我在那时候就见过你。"

那是我来学校的第一个学年的冬天，也是低年级放假的腊月，学校当时只剩当年的毕业班还在上课。

我和蒋驰闲来无事，想着好不容易两边家里都有不用吃团圆饭的一天，就约着去学校游泳馆游泳。

当时学校的游泳馆并未完全开放,还在试营业阶段,一个人十五块钱一张票,进去就要买票。

我和蒋驰照旧游到很晚,他先从池子里起来,游泳馆看门的大爷内急,让蒋驰帮他看着会儿。

这小子前脚应下后脚就跑更衣室里头待着——无他,游泳馆是学校唯一一个内部一天八小时营业时间都持续供暖的地方。

而我在游完以后从洗浴间出来,就撞见了偷偷跑进来的李迟舒。

他坐在离泳池最近的那条长凳上——这个位置很隐蔽,光线又好,就算守门的大爷进来巡视,一般也不会走到这么深的地方。当时李迟舒身上发生了什么我如今不得而知,只是他身上穿的衣服比这个冬天的任何一天穿的都要单薄,甚至比校服还要单薄,只穿着一件全部起球的毛衣,兴许里面还套了短袖。

李迟舒就像两个月前坐在长凳上等我的那个下午一样,抓紧有暖气的每一秒认真看书,水波的光浮动在他下颌,他的一双手被冻得略微发肿,脚下是一双单薄的帆布鞋,双膝紧贴,书就放在膝盖上。

"那个……同学?"我站在更衣室门口,试着叫了他一声。

李迟舒猛地抬头,大概没料到游泳馆里还有别人,而他的这副打扮很明显不是进来游泳的。学校游泳馆三令五申没有买票不能进去,就是为了防止学生蹭暖气一窝蜂往这里跑,白占地方不交钱。

他不是个善于伪装情绪的人,从他眼神开始慌乱的第一秒我就看出来他的窘迫,偏偏这时候看门的大爷从外面探出个头往里边问:"你们还游吗?"

我不动声色横跨一步,挡住了从外向内能看到李迟舒的角度,冲大爷说:"还游!"

其实我是打算走了来着。

澡都洗完了,蒋驰已经在外头等我了。

可我估计李迟舒才进来没几分钟,如果我现在走,游泳馆就得关门,好不容易溜进来的李迟舒也只能离开。

大爷回到看门的岗位以后,我转身拿手机给蒋驰发消息,让他先走,李迟舒对我小声说:"谢谢。"

"没什么。"

我的手指在键盘上敲敲打打,并没有抬头看他。我想那时李迟舒也不愿意让别人盯着他看。

我取出自己的大衣递给他:"你穿着吧。"

即便游泳馆有暖气,可这么一点儿暖气供那么大片地方,李迟舒身上那点衣服是绝对抗不了寒气的。

他微微一怔,连忙摆手拒绝:"不,不用了,真的不用……"

"穿会儿吧,反正我都拿出来了。"

说完我就自顾自进了泳池继续游起来,留给他足够的个人空间。

大衣上有我的校牌,我一时犯懒没有取下,就这么让李迟舒挂念了近乎十年。

我游到很远的深水区,时不时回头看,长凳上穿着不太合身黑色大衣的人始终保持着看书的姿势,一动不动。

等游得足够久了,我才从水里抬首,发现泳池边的长凳上已空无一人。

李迟舒走之前把我的大衣整整齐齐叠好放在椅子上。

那是进校第一个学期的冬天。我初入校园，对这里的一切都不熟悉，很快就把这一天抛诸脑后。

1月29日，晴

昨晚热水袋被我不小心充爆了，又断了电，我冷得一直睡不着。估计今晚也一样。

我要是能住有空调的房子就好了，唉。

早点开学吧，怎么还要一周呢？

1月29日，晴

今年我穿了新衣服，沈抱山亲手擀面条，给我煮了一碗全是肉的长寿面。

晚上他做了很多菜，说是属于我的年夜饭。还有条鱼，他把鱼肚子的肉全给我了，我分了"土豆"一小块，被他发现了。

还剩了面皮，沈抱山说明天吃饺子。

我问他什么时候回家，他说他爸爸妈妈明天出国出差，他回去一趟以后可以过来和我一直玩到开学。

希望时间能慢一点，再慢一点。

要是可以不开学就好了。

第二天我回了趟家，陪爸妈吃完饭，送他们去机场后就去了李迟舒家旁边的菜市场。

出门前我千叮咛万嘱咐，不准李迟舒再像昨天那样坐在门口等人，免得冻感冒。

他很听话，我到家时门口没人，但门没关，"土豆"从我走过楼梯拐角时就敏锐地察觉到我的气息，在门内门外摇着尾巴来回跑。

狗叫声并未把李迟舒吸引出来，我想他应该是在房间里做作业。

我进了厨房，烧好水蒸上米饭，用料酒腌了鸡肉，等着去腥的当儿才去房间里看看他怎么样。

李迟舒面前摆着一张试卷，草稿打满了卷子，连选择题旁边都是。

我走过去扶起他的脑袋："眼睛——"

李迟舒把身板挺直，头抬起了一点，又偷偷瞄我，发现我正抱着胳膊看他以后，不好意思地对我笑笑："知道了。"

我转身打开阳台的门，从外头吹进来一点寒风，我说："透会儿气，冷了就拿毯子盖腿。"

他点点头。

我回身要往厨房迈步时李迟舒还这么仰头看着我，我抱着胳膊笑："李迟舒，有什么好看的吗？"

李迟舒这才收回目光，抿了抿嘴，像是要给自己刚才出神那几分钟找台阶下："嗯……我们中午吃什么？"

"太白鸡，里头加板栗和香菇，再炝一个青菜。我看海鲜市场的螃蟹还不错，买了几个大闸蟹。吃完饭吃草莓。"

他"哦"了一声，接着低头写作业。

我怀疑李迟舒根本没认真听,他只是想跟我说话。

花窗红红绿绿的玻璃折射着外头的阳光照在李迟舒鼻尖,我垂眼看他做了会儿作业,忽然问:"李迟舒,晚上想不想放烟花?"

李迟舒两眼亮亮地仰起脖子:"烟花?"

晚上十点,李迟舒接到我的电话后来到离家最近的小公园。

他隔着烟花摊子站在我对面,指着用两个长板凳和一个木板搭起来的小摊上的各式烟花问:"你买了……哪一个?"

我交叉双臂冲他扬扬下巴。

李迟舒:"嗯?"

我给李迟舒买了个摊。

其实我自个儿也带了些烟花来,但怕李迟舒玩不尽兴,吃过晚饭洗了碗就先来公园逛逛。这边很空旷,又靠近城郊地带。

我逛了一圈,找了个摊主商量:把剩下的烟花爆竹和孔明灯都卖给我,明早他来收摊。

老板一听,果断成交。

现在李迟舒指着这个小摊跟我再三确认:"你的意思是,这些你都买了?"

我还没来得及开口,旁边走来一对情侣,男的上来就问:"老板,仙女棒怎么卖?"

我沉默了一秒,告诉他:"不卖,我私人的。"

那男的用很奇怪的眼神看了我两眼,去了旁边的摊子。

李迟舒目送那对情侣走开,又扭头看我,欲言又止。

我冷冷拆穿他："你想卖？"

李迟舒委婉道："我是觉得……我们肯定放不完……"

半个小时后，李迟舒坐在我旁边，怀里抱着"土豆"，埋头在我清理出一角的木板上做作业。

而我，则一脸生无可恋地忙着给这一堆自己高价买回来的烟花和孔明灯打包、收钱和找钱。

李迟舒在我旁边打了个喷嚏。

"说了让你回家做，"我收了最新一单的零钱，扔进手边的纸盒子里，趁这会儿没人坐进竹椅，"外头冷。"

李迟舒摇摇头："我陪你卖完，咱们留点剩下的自己放。"

我左右环顾一圈，发现马路对面有家电器专卖店。

我起身道："等我会儿啊。"

李迟舒握着笔，眼巴巴地等我回来。

我从店里买了个插电式的取暖器，这个年代最流行的那种，鸟笼子形状的，里边有两根U型加热管，主要是提着很轻便，单手就能拎回家。

旁边的店铺借我接了个插座，我把取暖器通上电，放在李迟舒脚边："烤着火，没那么冷。"

恰好这会儿摊子上又有人来买烟花，我忙着起身应付，结完账坐下来，瞥见李迟舒趁我不注意把取暖器放在双腿中间，两条腿挨得很近。

我眉毛一挑，一下子拍在他膝盖上："腿拿开点！会烫伤。"

在我的梦中，李迟舒被这个东西烫伤过。

据梦里的他自己说,大二那年冬天,他跟着在学生会当部长的室友一起去参加团建,学生会租了间民宿,房主图便宜没开空调,屋里只有几个这种款式的取暖器。

李迟舒读大学以前从没用过这东西,那次去民宿是第一次拿取暖器烤火。

他身上衣服穿得少,冷得厉害,就把腿挨得近了些,结果还没回宿舍就觉得腿疼,卷起裤子一看,小腿上烫出三个大泡。过了整整两周那泡才慢慢出血变黑,最后结痂,疤在腿上留了很多年。

他给我讲这事儿时,我还能看见他小腿内侧三个淡淡的疤痕。

我那时很疑惑,李迟舒并非一个喜欢社交的人,而且学生会这种团建一般都是 AA 制,玩一晚上人均没个一百块钱下不来。

"你怎么会参加学生会的团建?你室友要你陪他?"

他摇摇头,凝视着自己伤疤的位置沉默了很久:"我那时候以为……你也会去。"

毕竟我是校学生会的嘛,李迟舒只是想有机会能见见我而已。

但是我没去,李迟舒从团建开始等到团建结束我都没去。

而我早忘了自己为什么没去了。在我喧哗热闹的青春里,我拒绝过太多的人和太多的聚会。

此时李迟舒很听话地挪开了腿,又静静地望着我笑。

"笑什么?"

我不知道他在笑什么,只是用膝盖撑起胳膊,偏头看他,跟他一起笑:"问你呢,笑什么?"

周边的许多摊子都收了,公园里大多数人也回了家,李迟舒的声音在如此安静的环境下听起来依旧不大,像他这个人一样总是很温和:"在我很小的时候,爸爸妈妈还没去外面打工,他们冬天也会这样摆摊。那个时候也没有取暖器,他们会从家里提一炉蜂窝煤,如果我离火太近,也会被爸爸妈妈这样打膝盖,让我把腿拿开一点。"

"是吗?"我认真听着,嘴里却不着调,"那我是妈妈还是爸爸?"

李迟舒被我问得一愣,随即舌头打结地说:"你……你是沈抱山。"

"逗你呢。"

我弯眼一乐:"那他们卖什么?也卖烟花?"

李迟舒摇头:"卖衣服。烟花只有过年这一个月好卖。我们租不起门面,就在公园入口的空地上,也像这样,支个摊子就卖了,下雨的话就支棚子——那种蓝色的编织塑料棚。"

说完他又补充:"妈妈卖。"

我问:"你爸爸呢?"

"爸爸回家煮饭,接我下幼儿园。"李迟舒低头笑,"妈妈很会卖东西,很能说,很强势,卖衣服从来不亏本。但是爸爸不行。妈妈总说爸爸嘴巴笨,又老实,一辈子净吃哑巴亏。我小时候在她摊子旁边坐着画画,就老听她数落爸爸,说'总有一天儿子也要教得跟你一样',说完又对着我发愁,老叹气,说'太老实了也不好,安安以后怎么办'。"

李迟舒拿着笔,说这话时并不看我。

他回忆起自己的父母时总是不看向任何人,要么像生病时那样望着黑暗中的虚无,要么像现在垂头看着眼前的练习册,笑容里带着一点羞赧,仿佛爸爸妈妈就在旁边,仿佛他在笑着跟他们讲:对不起啊,又把你们的故事搬出来告诉别人啦。

我望着他,低低道:"是啊,安安以后可怎么办喔?"

李迟舒笑了笑:"不过还好以后有沈抱山了。妈妈可以放心了。"

"作业收了吧。"我说,"咱们放完烟花回家。"

李迟舒在剩下的烟花里选了一个最大的。

我让他在原地坐好,起身跑到前边最空旷的地方点燃烟花。很尖锐的一声气鸣过后,我捂着耳朵跑回李迟舒旁边坐下。

李迟舒仰头微张着嘴,捂住耳朵,用很小的声音悄悄"哇"了一声。

我枕着双手躺在竹椅上,看着李迟舒的后脑勺,突然朝他喊道:"李迟舒。"

李迟舒转过来,拿开双手:"怎么了?"

"你有没有想过,咱们以后也可以一起住,那我们以后一起住的房子该是什么样子?"

"一起住的房子?"李迟舒缓慢地重复着,"我们一起?"

他好像从来没有把我的这个要求当真过,一直以来都觉得那是我的戏言。

"是啊,"我很理所应当地讲,"我们可以一直当室友。到时候我们想往里头摆什么就摆什么。"

李迟舒意外地没有回答我的问题。他躲开我的视线,慢慢转回去，看了看烟花，又把目光移到自己脚下。

我对着李迟舒的背影等了很久，才听见他低低地说："可是沈抱山，真的会有朋友能一直一直在一起吗？"

李迟舒的闪躲和沉默使我想起了梦中三十岁的李迟舒，那时的李迟舒也是在微笑着听我规划完未来的日子后告诉我："沈抱山，没有人会一直和谁待在一起的。"

只不过那时的李迟舒比现在的他更冰冷决绝，他甚至不用疑问的语气质疑我，也不给我反驳的余地，只是平和地否决了这个命题，跟陈述地心引力那样普通的物理知识没有区别——沈抱山，我们不会永远待在一起的。

李迟舒，你怎么从小到大都那么倔呢？

我有一点生气。

纠正错误得从娃娃抓起。

普通人或许觉得这就是宿命了，可没办法，我是沈抱山。

于是在李迟舒说完这话以后我一个字一个字地告诉他："李迟舒，没有两个人会时时刻刻黏在一起。你说得对，人这一辈子总有落单的时候。可是你要相信，从现在到以后，到你看这个世界的最后一眼，总有一个人一定会在你身边。或许未来某一天我和你会面临分别，但那不会很久的。"

我指着天上还在噼里啪啦爆开的烟花："就像烟花一样，不管飞多高总要落地。而安安呢，不管离开我多远，总要回来的。"

我看着他的手掌："李迟舒，我待在你身边，也不全是为了让你陪着我。"

他终于因为这样的话有了点触动,抬起头。

"我说你需要很多很多的别人的关心和爱意,那不是玩笑。爱不仅仅代表快乐,爱还包括很多,包括从容地面对生离死别。但是我也还没完全学会,所以我更希望能和你一起去热爱这个世界。当然啦,"我顿了顿,"你能顺便畅想一下有我参与的未来最好不过。"

李迟舒被逗得笑了笑。

我也跟着笑,一边笑,一边轻轻拍着他的手背,放松精神躺回椅背,注视最后那点烟花从天上飘落。

一切回归寂静,我的声音也像梦中三十岁的李迟舒说话时那样无比平和,甚至轻缓:"我想给你快乐,但更多的是想给你克服一生中所有难关的底气。当你不在我身边的时候,一个人会遇见风也会遇见雨。但我希望你遇见它们时,会因为想着我,想着沈抱山,想着我曾经陪你走过的这些日子而变得不容易被打倒。每一场雨、每一阵风,都是因为期待着跟你的见面,所以才奔赴而来。"

"所以啊,李迟舒。"我吐了口气,"即便一个人,你也要记得好好吃饭,好好睡觉,每天入睡前多想想'土豆'。你要想着多过一天,就离有我参与的未来更近一点。"

1月30日,晴

今天我没忍住,上街吃了一碗牛肉面。

牛肉面太好吃了,比我煮的好吃很多,就是有点贵,七块钱一碗，现在想想我又有一点后悔。

1月30日，晴

我和沈抱山以后会一起买公寓吗？沈抱山想和我一起买公寓，一起养"土豆"。

沈抱山好像真的想陪我做很多事情。

今天我那样说话，他会不会难过？我是不是应该道歉？可是好像道歉没有用。

比起道歉，我可能更应该相信他才对。

家……会是什么样子？

会有"土豆"吧。

我们会在哪里呢？还在这个城市吗？沈抱山喜欢家里放一些什么东西？要不要一会儿问问他？

可是我现在问是不是太早了？以后再问吧。

这件事我很久以后都没有再提，李迟舒应该有自己的思想自留地。

还有三天开学，我琢磨着最近一直没有约过蒋驰，就打了个电话过去，跟他合计今天下午去以前常去的一家露天水吧，顺便包一场烧烤烤着玩。

我把这件事说给李迟舒听的时候也没太抱着他会同意跟我去的想法，李迟舒向来是一个非必要不社交的人，况且他昨晚睡觉把脚放被子外头一晚上，今早起来就开始咳嗽打喷嚏，想来更不愿意出门。

但我还是在吃完饭以后假装随口提了一句："你去吗？包场自助的，不限人数，就我跟蒋驰。"

李迟舒一手拿着我给他做的水果捞，一手握着我冲泡好的感冒药，嘴里塞了满满当当的水果，眼珠子转了转，说："好啊。"

我停下收碗的动作与他对视，发现他的眼神里流露着一种自然的平静，当真没有半点抗拒。

"那就……"我对着他偏头笑起来，"你喝完药睡一觉，我们下午五点出发咯？"

本来阴了一天，临近下午，太阳又冒了出来。

李迟舒还带了个公式笔记本在身上，打算一边坐车一边看，结果上了车没抵住困意，抱着"土豆"睡到了终点。

到那儿时蒋驰早就搭好了烧烤架子，架子上乱七八糟烤着一排肉串。

"来了啊，"蒋驰在没几束阳光照进来的遮阳伞下戴着副不必要的墨镜，"我点了几份港记的甜品，等待会儿送来，配着烧烤吃。"

我说了声"行"，带着李迟舒到人造草坪上的椅子上坐下，安顿好一切后就过去给蒋驰打下手。

蒋驰瞅了瞅李迟舒，凑过来跟我"咬耳朵"："你这几天一直跟他玩？"

我忙着给烧烤刷酱料："你怎么知道？"

"我怎么知道？"蒋驰剜了我一眼，"大年三十半夜你妈打完麻将一个电话打到我手机上,你问我怎么知道。"

"你没露馅儿吧?"我说。

"那哪儿能啊。"

蒋驰颇为得意:"拆玻璃那事儿以后你在你妈面前不好过吧?我关键时候还是不掉链子的。"

我应和着比了个大拇指:"好兄弟。"

蒋驰嘿嘿笑,冲李迟舒那边望了望:"那哪天把你家'土豆'借我摸摸呗?"

"那你得问问李迟舒啊,"我边串肉边笑,"'土豆'听谁的你看不出来?拍马屁你也得选对马屁股不是。"

蒋驰骂骂咧咧要给我一脚,我躲了躲,摘下一次性手套从包里掏东西,突然严肃道:"不闹了不闹了,给你看个正儿八经的。"

"啥啊?"这人一听就伸直脖子凑过来,"给我看看,给我看看。"

我点开手机云盘,把亮度调到最大,一张一张地翻阅我给李迟舒设置的那个相册,前头都是些风景还有李迟舒写的作业,以及他叠的被子和收拾的碗筷:"安安,你没见过吧?你知道谁是安安吗?"

"谁啊?"

我突然把李迟舒的照片翻出来:"这个。"

蒋驰:……

"拍得好吧?"

我扭头看看李迟舒,又把手机拿远点仔细瞅了瞅。

我好像听见了蒋驰后槽牙咬碎的声音。

我在他发怒的前一秒很麻利地跑回了李迟舒身边,抄起桌上的柠檬茶喝了一口,发觉李迟舒的目光一直定在右前方不远处,于是我跟着看过去,问:"在瞧什么?"

说话间我就已经看到了他所看的东西,是水吧游戏区自置的一个小型攀岩墙,大概两三层楼高,这会儿有几个几岁和十几岁的小孩儿正穿着攀岩服手握攀岩绳在上头玩,底下围着各自的家长给他们加油打气。

"想玩儿?"我问。

"嗯……没有。"

李迟舒否认着,但视线还停留在攀登墙那块,缓慢地眨了两下眼,才收回眼神,低头看回桌上的公式笔记本。

他大概是有一点想去,但又不太敢去。一半憧憬一半畏怯时他就是这样,宁可让负面情绪占据主导,从而拒绝对新事物的尝试。

我伸手合上他的本子,带着他起身:"想去就试试嘛,我陪你。"

李迟舒被我带离了位置就没有再推拒,我跟蒋驰打了声招呼后去场地那边找工作人员买票。

现场还剩一个攀登位,我让李迟舒先去换衣服,得到工作人员的允许后自个儿先套上攀岩绳试了试,爬了大概一层楼高,确定攀岩绳很安全后,李迟舒刚好换完衣服出来。

我帮他套好装备,陪着他到攀岩墙底下。

李迟舒看起来有些紧张,一直抓着攀岩墙上的攀岩梯却不上脚,几次回头在人群里找我。

我用口型劝他:"踏上去吧。"

李迟舒这才抬脚。

"好,这次踩右脚。"李迟舒踏上以后我继续说道,"嗯,下一个,踩上去。"

不一会儿,他攀在一人高的半空,又迟迟不肯动了,脊背的起伏也大了起来。

他始终仰着脖子,双手紧紧抓着攀岩梯,可能是不想让我觉得他退缩了,所以迟迟不肯回头。

最后他还是回头寻找起我来。

我就站在原地:"别怕!李迟舒,我在底下呢。"

他好像得到了一点安抚,长长吐了口气,咬牙又踏上了一步。

梦里三十岁的李迟舒是从来不敢去尝试这些项目的,他恐高。我想归根结底是因为在十八岁的那个除夕夜,他在漆黑的楼道里摔下来独自昏迷了半夜。

李迟舒在大约还剩三分之一的路程时又不敢动了,就连低头看我也要鼓起好大的勇气。

我像身边那些仰头给自己的孩子鼓舞打气的家长一样,拿出手机对着他喊:"李迟舒!再走两步!没事儿的!"

李迟舒应该是听到了我的话,笑了两下,精神放松下来,又接着攀了上去。

在他站稳最高点的那一刻,我冲他喊:"李迟舒——"

李迟舒扭头看下来，发现我正拿手机摄像头对着他时，他笨拙地笑了笑。

这是我给他拍的第二张照片。

等我放下手机，李迟舒也慢慢往下退了。

"慢慢下。"

我伸出胳膊做出护好李迟舒的姿势，尽管这时他离地还有两人高的距离。

他吊着攀岩绳落了地，脱下装备等着看我给他拍的照片。

"瞧。"

我把手机递给他看。

李迟舒喘着气认真看了会儿，笑道："头发乱糟糟的。"

"这是你勇敢的证据嘛。"我带他往回走，"走吧，去吃饭。"

吃饭时，李迟舒在间歇性精力充沛后，又蔫了下去。烧烤油腻腻的，他没吃几口，却对蒋驰给他的那碗甜品很感兴趣。

我无意间瞥到碗底垫着的食材，拿过来一看，原来枳果和糯米底下除了椰汁还铺了厚厚一层碎冰。

眼下是大冷天，他刚刚出了汗，还坐在外头，又是生病第一天，我不太放心，就拿过勺子给他把碗底的碎冰全部舀了出来。

李迟舒直勾勾望着我的动作，很是不舍。

"我知道生病的时候吃点冰的觉得喉咙舒服，但是不行。"我打断他的念想，又摸着碗，觉得没了碎冰碗里的椰汁依旧很凉，干脆起身往服务台去，"你等我会儿。"

甜品是蒋驰单独叫的外送，水吧里无法重做，我叫服务员给了我一盆热水。

因为怕端回去惹得李迟舒眼馋，我把甜品碗放进热水盆以后就干脆坐在室内的落地窗前，打算等温好了再回去。

哪晓得我刚坐下不到五分钟，李迟舒就扒着我身后的玻璃推拉门探头探脑："沈抱山？"

我一听声音，回头瞧见他，招了招手示意他过来。

李迟舒跑到我对面坐下："你在做什么？"

我双手撑着脸，百无聊赖地盯着在水盆里漂浮的甜品碗，说："给你热一热。"

这貌似使李迟舒生出一点愧意，他斟酌着对我说："其实我以前冬天生病，半夜很渴的时候来不及烧水，也喝过很多次凉水的。"

他特地指着碗补充："比这个凉多了。"

我抬眼看着他。

"我不是那个意思。"

李迟舒更局促了："我的意思是……这个不用热也可以的，影响不大。"

"影响不大，但是有啊。"我放下胳膊交叠在桌上，轻声说，"能慢慢温好以后吃到热的，为什么要将就呢？以前一个人不方便，现在有沈抱山可以拿来使唤嘛。"

李迟舒显然对这个说法不认同："什么使唤不使唤的……"

"开玩笑的。"

我笑笑，伸手贴在盆沿，水还很热，估计甜品还没温好，于是又收回胳膊支着下巴，缓缓跟李迟舒讲话："李迟舒啊，你不要因为自己一个人习惯了，就做什么都急匆匆的，把除了正事以外其他什么都应付过去就行了。你每天都要吃饭，所以这顿糊弄一下也没关系；事情太多，今天就熬夜熬久一点下一次再补；反正都生病了，少吃两口冰的也不会好，那就放纵一下……不是的，李迟舒。身体是有记忆的，被你马虎过去的事情看起来都不大，可一个人爱自己的能力往往就从这些被疏忽的细枝末节上渐渐流失了。时间久了，你就不知道怎么去爱自己了。"

"当然啦。"

我又说："有的人太笨了，不会关心自己也没关系，会有人去关心他的。"

李迟舒沉默着，我不知道他听没听懂，又沉吟片刻，絮絮跟他讲起从前："以前，我有一个朋友，嗯……比我大上几岁。他的朋友总是生病，不，是一直都在病着，各方面的病，从来不会好好照顾自己。只要他稍微不注意，他的朋友就会把生活过得一团糟。有一次他出差，明明在冰箱里准备好了两三天的食材，他朋友只要在家稍微做一下就能每顿饭都吃好。可是等他回来，发现冰箱里的东西只被动了一点点沙拉——那个人一日三餐都很糊弄，一天只有想得起来的时候才去冰箱里拿几口来吃。"

李迟舒说："那有点不太好了。他就算懒得自己做，可以去外面吃，总不至于饿着。"

我摇摇头："那不是懒，他朋友只是生病了，病得没有什么精力去好好生活，如果可以，他也不想这样的。"

李迟舒没接话，我又接着说："我那个朋友也明白，可因为他朋友做这样的事情太多次，人的忍耐是有限度的嘛，所以那次他生气了，跟他朋友发了很大的脾气，吵了很大一架，还放狠话来着，说——"

我学着自己梦中的语气恶狠狠说："以后你就是三天不吃饭，活活饿死，我也懒得管你！"

"然后呢？"李迟舒问。

"然后，"我笑了笑，"然后他就卷起袖子跑到厨房煮了一碗热气腾腾的全是肉的面端到自己朋友面前，'砰'的一声放在桌子上，说："'爱吃不吃'！"

李迟舒一下子笑了，笑过以后又说："好像妈妈会对孩子做的事情哦。"

"是啊，"我拨动着盆里的热水，目光凝在浮动的碗上，"爱在某些方面是共通的嘛。朋友、父母、恋人用他们的力量尽可能去填补过去某些时刻留在我们身上的伤口——像陨石撞击星球表面总会留下天坑，无法自愈的伤就等别人来发现。比如我那个朋友，他朋友在遇见他时已经失去自愈能力了，所以需要人去关心他。"

我收了手，说："人这一辈子或多或少都会遇见几个关爱自己的人，有的呢，来得早一点，有的迟一点，但总会来的，可能只是还没找到路。就连一个妈妈也有可能过上大半辈子才能学会如何正确地去爱自己的小孩，对不对？"

李迟舒没来得及应声，我话头一转，撑着胳膊肘倾身过去对上他的眼睛："所以李迟舒，你有没有怪过我……来得太晚了？"

李迟舒愣怔着和我对视好一会儿才回答我："没，没有的。"

我又确认道："没有吗？"

李迟舒这次很坚定："没有的。"

"没有就好。"我坐回去,一边感受甜品的温度,一边垂下眼睛开着玩笑,像刚才的对话从来没有发生,"我关心你很久啦,李迟舒。早点落地吧。"

他似懂非懂,像是不知道怎么接话,我自顾自把玻璃碗从冷却的热水里拿出来,擦干净底部以后推到他面前:"落地之前,你先吃一口最关心你的人给你温的甜品好咯。"

1月31日,阴

我好像感冒了,明天要是还低烧就去买药吧。

楼下的奶奶送了我一碗卤肉,说是自己卤的,还剩一些就给我了。卤肉很香,光拌饭就很好吃,我今天一天都吃的这个,谢谢奶奶。

希望天气快点热起来。不要再冷下去了。

1月31日,阴

今天我没有做太多卷子,头有点晕,还好听沈抱山的话没有吃那碗冰。

沈抱山不愿意回他家,说我照顾不好自己,但是我担心传染他,希望今晚他不会被我传染。

不知道沈抱山生起病来是什么样子,他说他很少生病。他生病的时候家里人一定把他照顾得很好,所以他才这么会照顾生病的人。

以后他不舒服我也会很好地照顾他的。

李迟舒的感冒不出所料在第二天有所加重，我送他出门前检查了一遍，没有发烧，估计再过一段时间就会慢慢康复。

　　他从敬老院看完外婆回来时已近下午，整个人恹恹的，打不起精神，被我催着吃了药就睡了两个小时，直到我叫他吃饭都还没醒。

　　我蹲在床边拍了李迟舒两下，他迷迷糊糊睁眼："几点了？"

　　"五点。"我慢慢扶着他起来，"有没有舒服一点？"

　　李迟舒说脑子清醒了些，吃饭时随便糊弄了几口就放下筷子，发起呆来。

　　过了一会儿，他忽然说："沈抱山，我想看看你给我拍的照片。"

　　我拿出手机，李迟舒在我给他拍的两张照片间来回切换，略微遗憾地笑笑："我都没有你的照片。"

　　梦中的李迟舒人生中拥有的第一张上面有我的照片是毕业时我班里的集体毕业照。

　　他去办公室帮全班领照片的那个下午，看到自己班主任对面那张办公桌上放着一沓厚厚的封好的彩色照片。

　　于是他趁没人的时候飞快地从我班主任桌上拿走一张照片后，在自习课前的最后十分钟跑到教学楼下的打印店，在店主异样的目光下请求对方给他用最普通的打印纸彩印一份。

　　彩印比黑白复印要贵上几倍，李迟舒在去的路上反复纠结，可因为照片上有沈抱山，他决定把年少时为数不多的花钱机会留一次给这个人。

这样一张劣质的彩色复印纸,被保留了整整十二年。

我拿过手机打开摄像头:"我现在就和你拍一张。"

李迟舒笑着躲开:"现在不要。"

"为什么?"

"生病,拍出来不好看。"

"胡说,"我伸手去捞他,"安安怎么都好看。"

李迟舒还是不肯过来:"下次吧沈抱山,第一张照片要好好拍才行。"

"好吧。"

我见他不肯答应只能作罢:"下次……咱们春游的时候拍,叫蒋驰用相机给咱们拍。"

"好。"李迟舒重新捧起饭碗,有一口没一口地吃着,望着碗里的米饭蓦地开口,"拍完以后打印出来,放进以后的房子里。"

我端碗的动作一顿。

李迟舒在和我说未来。

"好啊,"我压住心中的惊涛骇浪,夹了一块鸡肉到他碗里,筷子几次碰到他的碗沿,碰得叮叮响,"放在房子的哪个地方?"

李迟舒抬眼望着窗外思索:"嗯……床头吧,床头柜上,或者书桌上。你觉得呢?"

"放,都放。"

我说:"再印一张大的贴在墙上。"

李迟舒又笑:"什么照片那样放啊?"

"我们的房子，想怎么放怎么放。"

李迟舒很无奈："好吧。"

我看着他常年因睡眠不好积压在眼下的一片浅淡的青色，突然问："李迟舒，你下学期要不要去我家一起住？"

大年初四教务处已经上班了，我陪着李迟舒联系学校办了退宿手续，开学前一天，他带着极度简易的行李和沉重的书包踏上了跟我回家的路。

李迟舒答应去我家暂住，首要原因是未来这半年我爹妈在国外出差，李迟舒不用应付他最为头疼的人际关系；其次宿舍和他家的气温实在太低，李迟舒用了几年的热水袋也报废了，一开学又会几个月睡不好。我磨破了嘴皮子在他面前权衡利弊，最后以"去我家住能每天看见'土豆'"这一大优势让他松了口。

我和李迟舒从小区大门进去后走的车行道。一小段盘山公路旁挨着山壁的一侧有一排人工移植的老松树。才下过雨，小区雾蒙蒙的，他从踏进大门后就显而易见地紧张起来，愈发地低头沉默，一直低头沉默着。

"李迟舒，"我叫他，"一会儿到家想吃什么？我给你做。"

"嗯……都可以。"他抿了抿嘴，又看一眼我背在肩上的他的书包，"重不重？还是我来背吧。"

"不重。"

我别开肩："感冒好点没有？鼻子都擤破皮了。"

他摸摸自己发红的人中，看了会儿周边的绿化，"土豆"从后头跟上来绕着他打转，这让他稍微放松了些。

"你高考,爸爸妈妈都不回来吗?"他问。

"不回来。"

我笑道:"他们觉得不是什么大事儿,尽力就行。"

很多时候自身的压力都是来自外界的看重。我父母明白这个道理,所以从不给我施加额外的压力。不优秀没关系,尽力就可以。最后结果如何他们都欣然接受。

相反,那些我亲妈无比看重的东西,比如八岁那年我随便参加的第一场街舞比赛,第一次单独出国学习滑雪,十二岁自学剪辑后给她在生日宴上放的祝贺视频,钢琴比赛拿到冠军,又或是十岁那年第一次跟朋友在街头卖艺……这些时刻她都是提前结束工作赶过来,从不曾缺席,只是为了给我拍下一张记录的照片。

家里那间琴房早已挂满了这些照片,上面全是我从小到大这些不太重要但偶尔想起来也挺快乐的时光痕迹。

梦里,三十岁的李迟舒曾经说过我是一个不缺爱的人,他说这话那年还未曾见过我的父母一面。我问他怎么看得出来,他甚至没有接触过任何一个给予我爱的人。

他反问我:"你从小到大,有过很紧张的时候吗?"

我想了很久:"第一次跟你做家务的时候算吗?我没做过家务,当时怕我表现不好你不满意要退租。除此之外好像没有。"

李迟舒一直笑。

笑完后他说:"沈抱山,你是松弛的。从不缺乏犯错底气的人就是松弛的。"

我一生中有用不尽的试错成本,似乎自小父母就给了我可以失误的权利——没关系，失误了我也是他们最爱的小孩，失误的结果他们也相当喜欢，失误过后我依然能得到和成功时一样的夸赞。

可人的一生被上天分到的好与坏永远是守恒的，我在溢满了爱的家庭里得到了数不清的试错的权利，所以缺爱和关心的李迟舒一次失误的机会都不给我。

好在那是一个梦，上天让我有机会从头再来，让我在现实里一辈子都如履薄冰，让我舍去我所有的马虎与松弛来看守李迟舒，才肯让我得到宽恕。

上天是公平的。

李迟舒的脑回路不知道怎么又没拐过弯，他沉默了半天才问我："是因为……你要出国吗？"

"什么？"

他嘴唇动了动，又重复一遍，头低低的："是因为……你要出国读大学吗？所以他们才不看重你的高考。"

"不是。"我哭笑不得，"你一天到晚都在瞎担心什么呀？我要出国不跟你说吗？他们就是单纯地觉得我考好考坏都没关系而已。"

李迟舒点点头："这样啊。"

过了入户车库，我带李迟舒上楼，他进电梯时估计是实在忍不住了，问道："你家……都走电梯吗？"

"有楼梯的。"

我说："但是想着你不舒服，要早点休息，就乘电梯上二楼好了。以后咱们也住电梯房。"

"以后我们……"他从负二楼的电梯按钮往上数，"也要住五层楼的房子吗？"

他顿了顿："如果你想住的话，我应该要多存几年钱……"

我捏捏鼻梁，无奈地打断他的这些担忧："一层楼的房子也可以电梯入户的，李迟舒。"

他太不自在了。

"你慢慢了解嘛，反正以后几十年逢年过节都要回来的。"

李迟舒："啊？"

我把头别开笑了笑："开玩笑的。你不要那么紧张。"

开学后李迟舒的感冒总算彻底痊愈了。只是还在正月，一年中最冷的月份，天黑得早又亮得晚。

我有晨跑的习惯，每周一三五晨跑，所以早上五点起床对我而言不算难事。

但现在的李迟舒就不太行。假期因为天冷，他偶尔赖床到七八点，赖床了一两周，如今开学又要回到原本的生物钟竟成了难事。

因为了解他的口味，从李迟舒住进来以后就变成了我早起去厨房给他做早饭，家里请的阿姨也可以多睡一会儿。有几次我煎好三明治还没等到人下楼，上楼一看，李迟舒还在睡梦中，后来我就干脆把早饭端去房间叫他起床。

那天早上我照例端着牛奶和面条去房间，看到了很滑稽的一幕：李迟舒起床了，大概是被闹钟吵醒的。窗帘外是乌压压的天，他坐在床上,被子还没掀开,一看就是刚刚离开枕头。羽绒服也只穿了一半,才套上两只袖子,还没来得及穿好,挂在小臂上,像企鹅的翅膀——李迟舒就这么坐着又睡着了。

他歪着脑袋,头一下一下地往前点,这让我想起他曾经告诉我,说他小时候冬天上幼儿园,被妈妈叫起床以后就自己穿好衣服,等妈妈做早饭的间隙就这么在床上偷偷打瞌睡。

"衣服又厚又重,我那时候三岁多,穿上连手都弯不了,搭在被子上,像只企鹅。"他说。

等他妈妈做完早饭过来,就会将他抱进怀里,一边抱着过去吃饭,一边哄她的安安醒觉。

我把牛奶和碗放在桌上:"安安……起床咯。"

他发出了模糊的呓语。

我侧耳过去:"安安说什么?"

李迟舒半梦半醒:"妈妈……"

我身体一顿,李迟舒也在这时清醒过来,身体微微一僵。

他揉揉眼睛,看看窗外,颇为掩饰性地嘀咕:"是不是要迟到了?"

"还早呢。"我低头偷偷笑了一下,"起来洗脸吃饭,然后咱们去上学。"

李迟舒去洗手间的当儿我顺手帮他把被子叠了,无意间掀开枕头,发现枕下有个笔记本。

这个笔记本跟李迟舒其他的本子没有什么不一样,由于经常翻弄,卷边卷得厉害。

我起初以为这个本子是李迟舒很重要的错题本或者某个科目

的笔记本，打算看看是哪一科，方便帮他放回包里——李迟舒的东西从来都很规整，一个科目所有的试卷和笔记本都放在专门的文件袋里，再跟别的科目的一起放回书包。

可等我翻了几页就察觉了这不是笔记本，这是他的日记本。

这本子不算很厚，可从开始记录的日期来看李迟舒已经用了四五年。

原因只是他的日记内容单薄得可怜——日期和天气一行，一整天的生活用寥寥几个字描述也只用一行。一页双面的纸就是他大半个月生活的缩影：吃饭，做题，今天又花了多少钱。

随便一行几个字，那不是他的一天，是他孤苦独行的十几年。

直到两年前的某一天开始，李迟舒的日记里出现了沈抱山，这时一行文字偶尔会变成两三行，基本是李迟舒平实地记录着与我的偶遇，我当时的穿着，加上他落笔时简短地对我行动去向的猜测：沈抱山可能去打篮球了，沈抱山可能去吃饭了，沈抱山好像朝我这边看了一眼，沈抱山应该不认识我。

他的文字即便在这个他最私密的世界里也不掺杂任何感情，只是单纯地记录着，记录他被沉默与自卑放逐到不见天光的人生。

"骗子……"我往后翻，终于翻到五个月前我与他再次邂逅的那天，日期下的文字陡然增多成一片一片，我的双目也渐渐模糊，"李迟舒，你这个骗子……"

在梦中我和李迟舒同居的那些年里，我曾问过他有没有写日记的习惯，那时我和他坐在家里看电影。电影里女主角患上了每天醒来都会失去记忆的疾病，当她两鬓斑白时，她同样苍老的爱人就每天过来,拿着一个笔记本用朋友的口吻向她叙述他们的一生。

李迟舒看完这部电影跟我说:"要是我也能得这个病就好了。我可以忘掉一切,只需要你告诉我关于我们的故事,这样我想我会快乐很多。"

我说:"好啊,以后你要是生病了,我就拿着笔记本每天早上去叫醒你。"

我问他:"李迟舒,你以前有没有写日记的习惯?"

李迟舒说:"没有。"

我问:"为什么没有?"

"没什么好写的。"

李迟舒那段时间一直嫌医院给他开的安眠药不管用,晚上十二点吃了凌晨三点都睡不着,后来就换了一种强力的。李迟舒看电影时吃了半片,跟我聊天那会儿逐渐昏昏欲睡:"我以前每天都过得一样,要写日记的话,写一天就把十年的内容都写完了。每天写那不叫写日记,那叫罚抄。"

我被李迟舒逗笑了,而他闭上了眼。

我垂眼看着他没什么血色的脸,突发奇想地问:"要是能回到十年前,你会干什么?"

李迟舒许久不吭声,我以为他睡着了。

结果他睫毛动了动,说:"先去找十八岁的李迟舒,让他现在就去找沈抱山,告诉他别怕,沈抱山很好接近的。"

"然后呢?"我问。

又过了很久。

"然后……"

李迟舒说话已近乎睡梦中的呢喃："跟他道歉吧。对不起十八岁……那么努力活下去的他。"

李迟舒从洗手间出来时我刚好把日记本放回原处，他坐下跟我一起吃了会儿早饭，突然抬眼打量起我来。

"做什么？"我问。

他挑了口面又放回碗里："你眼睛……怎么有点红啊？"

我闻言揉了揉眼角："还红吗？刚刚掉了根睫毛进去，难受死我了。"

李迟舒凑近道："弄出来了吗？现在还难受吗？"

"你一说又有点儿。"我抽了两张纸抵在眼角，缓了口气，催促他，"快吃面。"

一直到进电梯李迟舒还探头探脑看我的眼睛，我岔开话题指了指显示屏："现在到楼下有五秒时间，你要是还困的话可以再睡三秒。"

"还有两秒呢？"李迟舒问。

"还有两秒拿来思考今天吃什么。"

说完我用手挡住李迟舒看我的视线。

电梯门开了以后，我问："想好了吗？"

李迟舒说："没有……"

毕业生的时间过得很快，开春来得也很快，李迟舒向来厌恶寒冷的天气，身上的衣服一件一件减下去以后他也很明显地轻快起来。

春游过后就是百日誓师,我跟他提前把我们和"土豆"的合照打印了出来放在房里。

阿姨开始每天上街或者从家里的花园挑选最新盛开的时令鲜花插在家里各处的花瓶里,我拜托她今年帮我在园子里种些栀子花。

毕业那天李迟舒从考场出来,在教学楼外等了我十分钟。

烈阳高照,盛夏长明,我飞快跑去校门口拿了一早藏在自行车后座的大把栀子花反向奔走在人群中,穿过喧哗终于找到了站在树荫下的李迟舒。

我背着黑色斜挎包,把花从身后递到他眼前,有几滴朝露从花瓣上弹到了他的衣领上。

我说:"李迟舒,夏天到了,一起回家吧。"

很多年后李迟舒跟我去国外度假,一个清爽的雨天他坐在落地窗前看书,我那时才把心里搁置了数载的话再度提出来:"李迟舒?"

"嗯?"

他的视线仍定格在书上,只轻轻回应我一个鼻音。

我慢吞吞转到他身边,面对潇潇暮雨问:"你有没有写过日记啊?"

李迟舒说:"写啊。一直在写。"

他说完抬头,看了我两秒:"你要看吗?"

"你想给我看吗?"

"嗯……"李迟舒沉思了半晌,"我的日记很无聊,你确定想看吗?"

我挨着他的榻榻米坐下:"那你给我讲吧。挑那里边有意思的跟我讲。"

"有意思的?"

他合上书,想了又想:"最有意思的,就是高三有一个上午,我站在乒乓球台旁边背单词,你突然扔了一个篮球在我脚下,跟我说'你好啊,李迟舒'。我觉得这是我这辈子最有意思的一天。"

他说起这个便望向我:"沈抱山,你那天为什么突然就来找我了?"

为什么?

"我在上课前做了一个梦。"我说,"我想是你妈妈托梦给我了。"

那个梦像是李迟舒远在天国的母亲给我的托付和叮嘱,让我醍醐灌顶早点去找回我遗失的使命。她不忍她的安安受苦,于是挑选了我来替她守护。

"妈妈?"李迟舒问,"你梦见我妈妈了?"

"不是。"

我看着他的眼睛,他漆黑的眼珠里是我的倒影。

我说:"我梦见……你走过的一生。"

6月9日,晴

毕业了。

洛可送了我一束新鲜的栀子花,虽然班上的同学她每个人都送了，但这是我第一次收到花。栀子花真的很香。谢谢洛可，我很喜欢，我会一直喜欢。

　　沈抱山，我是不是再也没机会见到你了？

　　6月9日，晴。
　　夏天开始，我和沈抱山一起住了。

正文完

自爱方能不息，
愿每个人都能成为自己的沈抱山。

Shen Baoshan

番外

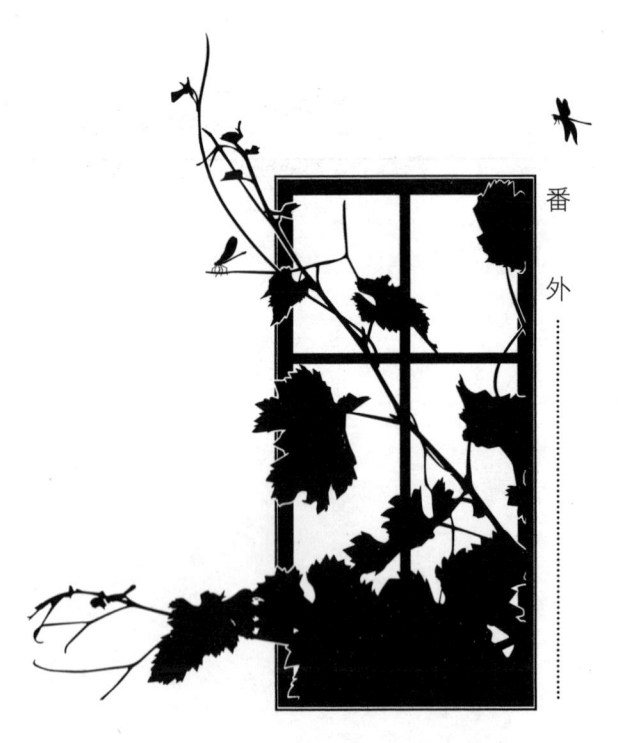

昨日今朝
zuori jinzhao

沈抱山,
我弹琴的时候,
肚子里好像有鹿在跑。

那不是鹿,
是热爱与心跳。

照片墙 I

我永远记得李迟舒第一次踏入三楼琴房的眼神。

那天是高考过后的月底，学校让高三生自主选择回校拿纸质成绩单的日子。

我们已经从网上查过分数了，我和李迟舒相差三分，报考一个大学甚至一个专业问题都不大。

等我和他各自从班里拿了成绩单出来，唯一需要商榷的是今晚几点回家——两个班都有私下组织的毕业聚会，要先去外面吃饭，吃过以后还有别的活动。

"他们说……吃完饭去 KTV。"李迟舒手里转着朵不知道从哪里摘的栀子花，对着我欲言又止，眼睛里明晃晃地写着想去。

"想去？"我问。

他低头看了看花："洛可说她希望我能和大家一起。"

一语未了，他估计反应过来我应该不认识洛可，又把花递给我，指着说："就是……送我花的这个女生。高考完那天她给班上的人都送了，但是我不在，今天她特地带了一朵给我。"

我哪能不知道洛可,李迟舒寥寥无几的朋友之一。

在李迟舒的回忆里,那些水深火热到快让他被疾苦溺毙的时刻,总有一些轻柔的波澜把他托向岸边,是这些波澜让他磕磕绊绊坚持活了近三十年。那些时刻给予他力量的人多数姓名模糊:楼下的奶奶,高中的班主任,一起兼职的同学,食堂叫他多吃点的阿姨,过年时特地给他一个人的宿舍留灯的宿管……另外叫得上名字的,有一个"朋友洛可"。

"她是很好的人喔。"我把花拿在手里,转而靠着走廊的栏杆,看向外头的万里晴空,"对你一直很好。"

"她对谁都很好的。"李迟舒和我一起抓住栏杆,小声笑道,"这是第一次有人邀请我呢。"

"那一定要去啊。"

我看着李迟舒的眼睛,顺着他的意思往下说:"李迟舒,你要多去这些地方,才能交更多的朋友。"

李迟舒没有否认,他不否认就是他也同意的意思。

"那你呢?"他问,"你们班要去哪儿?"

"隔壁大悦府吃饭,吃完饭估计也是去KTV吧,或者网吧——他们那堆人就喜欢去网吧。"尤其是蒋驰。

李迟舒:"那——"

"吃完饭我就来找你。"我先他一步开口,弯腰问道,"你们班不介意多我一个吧?"

李迟舒赶紧摇头:"不介意的。他们知道你跟我关系比较好,说要是你也去的话也很欢迎的。"

这话很中听。

我一口答应:"好吧。快回去吧,你班主任要说事儿呢。"

李迟舒的毕业聚会我其实也不是非去不可,但好生看着总好过有什么措手不及的突发状况,比如喝酒。

梦中那些年李迟舒因为病情很少喝酒,偶尔几次想借助酒精麻痹自己效果都不尽如人意,可能是量不够多,也可能是度数不够高,他没有醉过。

越是麻痹神经,身体里的痛苦就越让他清醒,甚至叫他彻夜难眠。

他最后一次把家里的酒扔进垃圾桶时说再也不喝了,还带着点脾气跟我开玩笑:"这东西简直叫人生不如死。"

我知道今时今日的李迟舒尚在青葱年岁,酒精带给他的或许只有少年人的开怀,痛苦暂且还不会在他心里滋生,但保护李迟舒要从娃娃抓起。

可蒋驰因为被我从去网吧的路上强行抓来KTV而充满怨气——没办法,他妈特地打电话叫我看好他,不准他去网吧。

这小子一瞅到李迟舒就决定蓄意报复,见缝插针地给李迟舒倒酒。

李迟舒玩骰子玩输了,蒋驰倒酒;李迟舒不会猜拳,蒋驰倒酒;李迟舒玩游戏接龙卡壳了,下一秒,蒋驰倒酒。

聚会快结束时,在我给李迟舒挡完两轮去上厕所回来的当口,桌上的啤酒杯又满上了。

我气得牙痒痒地瞪着蒋驰。

"你看我干吗呀?"蒋驰打不成游戏,光脚的杠上穿鞋的,一副死猪不怕开水烫的样儿,"你自个儿问问人家李迟舒,人家愿不愿意喝!"

李迟舒估计是看出来我不乐意他喝酒,虽然没正面回答,却扭头朝我投来带点试探意味的目光。

我哈哈干笑两声,坐到李迟舒旁边:"想喝就喝嘛,看我做什么。"

蒋驰在对面翻了个白眼。

李迟舒抬头望着我:"真的?"

我瞥了一眼他跟前满满当当的啤酒杯:"真的。"

李迟舒伸手要去拿杯子。

"等一下。"

我拿过他手里的酒,一口气灌下去大半杯,留了约莫小半个指节深度的酒,放回他手里:"喝吧。"

蒋驰:……

李迟舒:……

我第一次在十八岁的李迟舒脸上看到了无语到近乎幽怨的神色。

"喝嘛。"

我一脸坦荡地往沙发上一靠,叮嘱道:"喝不完别硬撑,我帮你喝。"

蒋驰在一边咬牙切齿:"差不多得了啊。"

李迟舒捧着杯子仰头一倒,喝完了剩下的酒。

我注意着他的一举一动,等他放下杯子我才问:"感觉怎么样?"

李迟舒似乎感受到了我压制着的那几分紧张，目光在我双眼间扫视两秒，认真回答我："有点辣。"

"没了？"我问，"有没有不舒服？"

李迟舒摇头，思考着对我说："我觉得我再喝一些也可以。"

"不喝了。"

我背上他的书包，给蒋驰递了个眼色："回去晚了'土豆'该想你了。"

"对哦，'土豆'。"李迟舒听见这两个字，要回家的步子倒是没有犹豫。

到了家后李迟舒跟"土豆"玩了半个多小时再去洗的澡，蒋驰跟我打了两把游戏，等我送人出去回来才看见李迟舒正坐在游戏房门口那个走廊上的吊椅上发呆。

"在想什么？"

我在李迟舒身旁坐下，吊椅沉了沉，他回过神，讷讷地望着我，忽然问："沈抱山，你小时候……是什么样的？"

"我小时候？"我想了想，"我床头的那个相框里的照片就是我小时候的，你看过。"

李迟舒意识到自己表达得不够准确，手指漫无目的地在空中比画："我的意思是……你的童年。"

我明白他想问什么了。

李迟舒对这个世界方方面面的好奇总是先从他身边亲近的人开始，比如沈抱山。

"我的童年啊……"我往地上蹬了一脚，让吊椅摇摆起来，"你让我想想。"

我的视线从天花板飘到走廊尽头那个挨着花园的房间，那是我的琴房，从高三起就很少踏足。

"直接给你看好了。"我带着李迟舒离开吊椅走向走廊尽头，"看了你就知道了。"

李迟舒一路被我推着往前走，我从身后慢慢给他开门、开灯。

房里的吊灯亮起来时，李迟舒的脚步顿在门口。

我听见他浅浅吸了口气，随即像忘了呼吸。

不得不承认我妈给我布置的琴房确实不小，里头并排摆了两架钢琴，一架属于家教老师，在我上高中以后就被闲置了。

旁边两个木柜是我妈专门请一个非遗传承老师傅做的，用来装我从小到大获得的那些奖杯，入流的不入流的，每个乱七八糟的奖都有一个专门的席位。落地窗外是家后面的花园。另外两面墙则挂满了我的照片，每一张都用专门的和柜子配套的相框装起来，大部分是我在练琴和获奖时被我妈抓拍的，其他时刻的照片在其他的房间。

我推着李迟舒边走边看。

"这个，是我四岁时我妈带我去店里挑钢琴，我第一次摸上去的时候我妈偷拍的。

"这个是我第一次坐上去。

"这张是我在家第一次上钢琴课，"我往窗边一指，"就在那个位置。"

"这个是我第一次因为不想练琴撒泼，哭得丑死了。"我笑道，"我妈恨不得她眼里直接长个照相机，把我的丑相都拍下来。"

李迟舒也跟着我笑。

他的目光在一张张照片上扫视,来来回回地看,就像在辨认照片上的人是不是沈抱山。

"真好。"他站在我身前,仰头凝视着照片墙,"你妈妈很爱你。她记得你所有的……"

他思索着,在找一个合适的说法:"荣耀。"

李迟舒又重复一遍,我看见他后脑勺点了点:"嗯,她记得你所有的荣耀。她很爱你。"

"是哦。"我抬起手,指尖有一下没一下地打转,"李迟舒你知道吗,记得住所有的荣耀是爱,记得你所有的遗憾也是爱。"

李迟舒似懂非懂地应和:"唔。"

我无奈地敲敲他的头顶:"你有时候真是笨死了。"

"唔……啊?"

我让他转过来面向我:"李迟舒,以后你所有的荣耀我也会记得的,你的照片也会挂满这个房间……还有别的房间,别的房子。"

他又开始揪自己腿边的裤料问:"你也会给我这样拍照吗?"

"我会。"我说,"如果你想,我的妈妈也会。"

李迟舒一愣:"也会什么?"

"也会给你拍照,记住你的荣耀,你的快乐,你所有值得被记住的时刻。"

我说:"她也会爱你。"

李迟舒怔怔的。

"你不知道吗?"我告诉他,"妈妈会爱这个世界上所有的小孩。而李迟舒呢,是最值得被人喜欢的小孩。谁见了你都会爱你的。"

我想我需要在李迟舒每天醒来时都说一遍这句话,这样才能让如此呆板而不信任世界的他相信这是一个事实。

我的脑子里闪现这个想法的时候,人已经和李迟舒肩并肩坐在钢琴凳上了。

我好像是问了他一句:"李迟舒,要不要我教你弹钢琴?"

李迟舒应该是答应了。他对这个世界有着怯生生的好奇心,多数耳熟却陌生的事物在被允许接触的情况下,李迟舒是很愿意伸手去尝试一番的。

我教了他我曾经给他唱过的歌的钢琴版,只让他的手指跟着我的手在琴键上按动。

一曲奏完,李迟舒似是没有回过味来。

他看着钢琴发了很久的呆,说:"沈抱山,我弹琴的时候,肚子里好像有鹿在跑。"

"那不是鹿。"我说,"李迟舒,人的肚子里不会有奔跑的鹿。"

他眨眼:"那是什么?我觉得它动得很快。"

"是热爱与心跳。"

我和李迟舒在琴房絮絮叨叨聊到深夜,他的肚子不合时宜地叫了一声。

我想他是饿了。

等我端着一碗热气腾腾的面条去他房间时,他已经趴在桌上睡着了。

我撑着脑袋看了他一会儿,看他乱糟糟的头发和还没褪红的脸颊，怎么都觉得很像个糊里糊涂的小孩。

欣赏了一会儿，我把他扶到床上盖好了被子。

他在睡梦中嗅了两下，然后往旁边的枕头上蹭近了些。

蒋驰找来我家那会儿我才解决完那碗面条睡下三个小时，等我从房间出去，一碰上这小子耳边就跟炸锅了一样："群里商量暑假去哪儿呢！就你不回复，非得我找上门！"

我回头瞅着李迟舒房间的门，压低声音："小声点。"

"小声什么？问你去哪儿呢。"

"都行。"

我琢磨琢磨，又说："再说吧，我回头问问李迟舒。"

蒋驰没反应过来："李迟舒也要一起去？"

我打了个哈欠，挠了挠头发："李迟舒不一定跟你们一起去，但我总得问问他什么时候想跟我去哪儿，我好安排时间啊。"

蒋驰不满道："李迟舒李迟舒……地球没李迟舒不能转了是不是？"

我回身去吧台找水，不理他。

蒋驰翻着白眼，说着说着语调又高了起来。

我"啧"了一声，又朝李迟舒房间的门瞥了一眼，回过头对蒋驰重申："叫你小声点儿。"

他终于瞧出点不对劲："咋？李迟舒睡在那儿？也没起来？你俩昨晚偷牛去了？"

"你才偷牛。"我喝了口凉水，稍微来了点精神，"他今天五点过才睡。"

"五点？"蒋驰难以置信地看向李迟舒的房门，"不是……

你们昨晚干吗去了啊?"

阿姨早上煎的三明治也放在卧室外头的吧台上,这会儿已经凉了。我拿起来咬了一口:"就聊了聊。"

"聊什么聊到五点?"蒋驰对此不以为然,"熬鹰呢?"

我笑着踹了他一脚:"去你的。"

零食屑|

　　李迟舒的大学专业选择了和我一样的建筑学，他其实很喜欢美术，只是碍于很多原因无法尽其所能地学习。

　　入学第一年我和李迟舒选择了住校，一来他不愿意只拿我的钱租两个人一起住的房子；二来以他的性格，我也怕他从一开始就办理走读，以后跟同班同学更不容易熟络。

　　大二下学期，我们结束了为期两年的美术专业课。这两年里李迟舒先是接了家教的兼职，又用兼职的钱去报了美术班，接着用两年美术班和专业课学到的本事在网上接了不少绘画的单，现在已经"嚣张"到公然提出要负责我们两个人的房租了。

　　"安安很厉害嘛。"

　　我在美术班门口接他回家，拿走他的画包后塞给他一杯低糖奶茶。

　　这段时间李迟舒对咖啡又有些旧情复燃的架势，临近期末，专业课要交图纸和模型，他在网上又接了一笔单子，从早到晚咖啡不离手，人也瘦了一圈。我瞧出他是犯焦虑了，只能想办法先让他的作息规律，再慢慢戒断他对咖啡的依赖。

　　李迟舒捧着奶茶喝了一口，抿了抿嘴，试探地问我："今天咖啡店……也没开门吗？"

"没有。"

我扯起谎依旧面不改色，把他的画包扔进车后座，又给他打开副驾驶的门："想喝我回去给你做。"

李迟舒没有表态，轻轻"哦"了一声以后坐进副驾驶位，在回家路上喝完了那杯奶茶，到家时对咖啡的念想也就去了大半。

"土豆"一听见开门声就从房间里奔出来直往李迟舒身上扑，我一把捏着它的后颈提到眼前："是不是又悄悄跑床上去了？"

李迟舒最近有点过敏性鼻炎，估计也是精神压力太大的缘故。为了安全起见，我原本打算把"土豆"送到蒋驰那边养一段时间，等期末过完，李迟舒身体舒服点了再接回来。

可李迟舒舍不得，跟我一而再再而三地保证最近不会让"土豆"在房间里撒泼——毕竟四处是狗毛，遭罪的还是他的鼻子，这样我才答应把这只"四脚怪兽"留在家里。

"土豆"冲我嗷了两声，在虚空中朝李迟舒扒拉他的两只前爪。

李迟舒瞅瞅我的脸色，伸手把"土豆"抱进怀里，摸着"土豆"脑袋解释："是我早上忘关门了。"

他一边说，一边躲着我的目光往客厅里走。

"你就惯它吧。"

我大人不计小狗过，放好李迟舒的画具画包，径直去了房间给他换被子床单。

等我收拾一通出来，李迟舒又钻到画室里去了。

家里是三室一厅的格局，书房也是画室。

我去厨房忙活了半晌，饭菜做得差不多了，跑去敲了敲房门："安安,吃饭了。"

门里响起窸窸窣窣的声音,像什么包装袋被折叠起来。

里头安静了一会儿后,李迟舒把门打开,从我身前低着头往外走,一眼都不朝我看。

我眯了眯眼,伸手拎住他的后衣领子:"李迟舒。"

"土豆"从画室溜出来,在我和他脚边轮流打转,一副操心要劝架的样子。

李迟舒垂着脑袋,声音小小的:"怎……怎么了?"

我说:"转过来。"

李迟舒转了过来。

"抬头。"

李迟舒迟疑了几秒钟,慢慢抬起头,装出一脸茫然的表情。

我当即了然,把手收回来抱着胳膊问他:"还装?"

零食碎末儿在嘴边他都没擦干净!

李迟舒呆愣愣地冲我眨了眨眼:"什么啊?"

行。

我拉着他到房里那面穿衣镜前:"来,看看。"

李迟舒往镜子里一照,当即别开脸用指尖去擦嘴角。

擦完他又扭过头来,不敢回头看我,只从镜子里抬起眼皮看我一眼,又看我一眼,活像个做错事不敢吭声的小学生。

李迟舒最近得了一笔不小的稿酬,给他外婆汇完款,手里还有好几千块钱,他肯定又去买零食了。

李迟舒这半年近乎疯狂地爱上了囤积零食,总是闲着没事就开几袋子窝在客厅或者画室,小鸡啄米似的一转眼就吃个精光——这导致一天三顿有两顿正餐,他都胡乱塞两口就吃不下。

因此在两个月前,我正式没收了他的零食库,只在饭后允许他每隔一天吃一包,并且对他偷买零食的行为发出警告:被我发现一次,断零食一周。

我弯腰凑到他眼前,伸手把他嘴角没擦干净的零食末捏下来:"这什么?总不能是你偷吃'土豆'的狗粮吧?"

李迟舒冲我弯弯嘴角。

"别嬉皮笑脸的。"我把他带去饭桌边上,"晚饭吃不完两碗,这一周你都别想吃零食。"

果不其然,李迟舒饭前偷吃了太多零食,磨洋工似的刨了一碗米饭就吃不下了。

但由于自己才干了亏心事,他不敢提出抗议,磨磨蹭蹭又给自己添了第二碗米饭。

我看着他苦大仇深地埋脸在碗里,筷子有一下没一下地挑着米饭,就是不肯送进嘴里,突然觉得自己这样怪没意思的。

我脑子里有两个声音打架。

一个声音问我:李迟舒不就是喜欢吃点零食吗?偶尔贪吃怎么了?

他以前吃了十几年的苦,多少该他吃的零食他没得到,现在他日子好过起来了,想吃了,把小时候没吃上的补偿给自己怎么了?

在梦里,家里成堆的好吃好喝的,求着他吃他都没胃口,现在肯吃了,你又不给了?非得闹得他对喜欢的东西没了念想才算完?犯得着这么管束他吗?

另一个声音说:那也得有个度啊,他这么吃下去,把身体吃坏了算谁的?成天给他吃零食,看着他不吃饭就是对他好了?平时捧着像个瓷器一样,碰了摔了都怕碎了,现在又不管了,到时候肠胃吃坏了,你不心疼?

我自己对自己劝了架:算啦算啦,就这一次,算了吧。没有下次了!

于是我拿过李迟舒手里的筷子放在桌上,他迟钝地抬头,我问他:"想不想吃冰激凌?"

"嗯?"

他先是一愣,而后眼睛亮了亮:"可以吗?"

"等着。"我去厨房冰柜拿了一盒他最喜欢的口味,打开盒盖放到他面前,"吃吧。"

李迟舒的胃收放自如,虽吃不下饭,但面对冰激凌时又变成了海的肚量。

我是坚决反对在饭桌上对他进行任何批评教育的,哪怕是建议,也安安静静等他吃完了冰激凌再提,否则以后他享用起冰激凌时快乐都会因此大打折扣。

他刮下最后一口冰激凌,把勺子递给我:"你真的不吃吗?"

我摇摇头,对于被限制了零食的李迟舒来说,这样的美味可是吃一口少一口。

"李迟舒,"我等他咽下最后一口冰激凌,拿起勺子去厨房洗干净,回来时告诉他,"以后实在想吃零食了,就告诉我,别躲在房间里,搞得我像抓贼一样。"

李迟舒笑了笑,没有回答。

我望着他研究起来:"这零食到底有什么好吃的?你怎么就吃不腻呢?"

李迟舒很实诚地回答我："我也不知道。"

我叹了口气。

可惜我为他学了十八般武艺，尚未学会如何自制垃圾食品，不然在家里做，怎么着也比外头的健康，他想吃多少就吃多少。

李迟舒打了个喷嚏，揉揉鼻子，又打了两个喷嚏。

我捏起他肩上的两根狗毛，看向他："你头发是不是长长了？"

"有吗？"

"有。"我说，"都快过肩了。"

李迟舒现在是微长的头发，虽然发量可观，但发质比较软，到了脖子那里就成了微鬈的样子。

估计是这段时间太忙，他每天一睁眼就把头发绑起来，也没注意它们长到了多长。

"洗个澡吧。"

我把他推进浴室："出来我给你剪头发。"

李迟舒扒着浴室的门回头问："你还会剪头发？"

"我会的东西很多的。"

他洗完澡出来，我已经在客厅开辟了一个小小的剪发区域，用干净的毛巾在他衣领上围了一圈，很快就给他修完了头发。

这回我剪得比较短，剪出来是他高中时的发型。

我给李迟舒吹干了头发，清扫完地板，回来看见他正在房间里对着镜子发呆。

他瞥见我在门口，便抬头摸摸自己的发梢，局促地笑了笑："好像……有点太短了，像我高中的时候。"

他高中时为了节约时间和成本，每次都会去校门口最便宜的理发店让理发师尽可能地把他的头发修到最短,这样就能拉长和下一次理发的时间间隔,也能省下几次理发的钱。

"第一次去的时候我没注意,一不小心让理发师推多了,差点把我剃成个和尚。"他摸着头发,说起来有些害羞,"我回到班上,本来跟同学就不熟,他们差点没认出来我。"

我笑着把他推回客厅坐下:"你放心,我不会把你剃成和尚,我手艺很好的。"

李迟舒接过我手里的果盘,对我的话深表认同:"你手艺好,以前练过吗?我没见过你给自己剪头发。"

我叉起一块切好的桃子递给他:"我以前常给我一个不太爱出门的朋友剪头发。"

6月5日,晴

今天我画工程平面图画得眼睛疼,画完的时候食堂都收餐了,只能去买面包吃。

天气越来越热了,去超市的路上,我好像看见沈抱山要去打球,不知道他看见我没有。

6月5日,晴

今天我偷吃零食又被沈抱山发现了,他好像生了一会儿气又不生了,还给我吃了一盒冰激凌。

沈抱山怪怪的。

他给我剪了头发,一下子给我剪回了高中时的长度,不过剪得很好看。

沈抱山做什么都很厉害。

再来一次,李迟舒还是愿意做李迟舒。

七岁以前有很好的妈妈,十七岁会遇到很好的沈抱山。

这样的话,一个人的十年也不算很难熬。

完

图书在版编目（CIP）数据

旧故新长 / 诗无茶 著.—武汉：长江出版社，
2024.3
ISBN 978-7-5492-9383-4
Ⅰ.①旧… Ⅱ.①诗… Ⅲ.①长篇小说－中国－当代
Ⅳ.①I247.5
中国国家版本馆CIP数据核字(2024)第050487号

本书经诗无茶委托天津漫娱图书有限公司正式授权长江出版社，在中国大陆地区独家出版中文简体版本。未经书面同意，不得以任何形式转载和使用。

旧故新长 / 诗无茶 著
JIUGU XINZHANG

出　　版	长江出版社		
	（武汉市解放大道1863号　邮政编码：430010）		
选题策划	漫娱图书　聂紫绚		
市场发行	长江出版社发行部		
网　　址	http://www.cjpress.cn		
责任编辑	江　南		
特约编辑	马　飞　李苗苗		
总 策 划	两脚猫工作室	开本	889mm×1230mm　1/32
装帧设计	吴 琪　李梦君　肖亦冰	印张	7.5
印　　刷	深圳市精彩印联合印务有限公司	字数	170千
版　　次	2024年3月第1版	书号	ISBN 978-7-5492-9383-4
印　　次	2024年5月第4次印刷	定价	42.80元

版权所有，翻版必究。如有质量问题，请联系本社退换。
电话：027-82926557(总编室)　027-82926806（市场营销部）